**Dados Internacionais de Catalogação na Publicação (CIP)**
**(Câmara Brasileira do Livro, SP, Brasil)**

Taylor, Barbara
  Dino de ouro: um talento jurássico / escrito por Barbara Taylor; ilustrado por Stephen Collins; [tradução Lauro Tozetto]. – São Paulo: Editora Melhoramentos, 2023.

  Título original: *The dinosaur awards*.
  ISBN 978-65-5539-539-6

  1. Dinossauros - Literatura infantojuvenil I. Collins, Stephen. II. Título.

23-163306 CDD-028.5

**Índices para catálogo sistemático:**
1. Dinossauros: Literatura infantil 028.5
2. Dinossauros: Literatura infantojuvenil 028.5
Eliane de Freitas Leite - Bibliotecária - CRB 8/8415

Título original: *The Dinosaur Awards*
Texto: © 2021 Barbara Taylor
Ilustrações: © 2021 Stephen Collins
Todos os direitos reservados.

Originalmente publicado em 2021 por Frances Lincoln Children's Books, um selo da The Quarto Group.

Direitos de publicação:
© 2023 Editora Melhoramentos Ltda.
Todos os direitos reservados.
Tradução: Lauro Tozetto
Preparação de texto: Maria Isabel Ferrazoli
Revisão: Mônica Reis
Diagramação: Amarelinha Design Gráfico
1ª edição, outubro de 2023
ISBN: 978-65-5539-539-6

Atendimento ao consumidor:
Caixa Postal 169 – CEP 01031-970
São Paulo – SP – Brasil
Tel.: (11) 3874-0880
www.editoramelhoramentos.com.br
sac@melhoramentos.com.br

Siga a Editora Melhoramentos nas redes sociais:
/editoramelhoramentos

Impresso na China

# DINO DE OURO
## UM TALENTO JURÁSSICO

Escrito por Barbara Taylor
Ilustrado por Stephen Collins
Traduzido por Lauro Tozetto

Editora Melhoramentos

# SEJA BEM-VINDO AO
# PRÊMIO DINO DE OURO
## UM TALENTO JURÁSSICO

Atenção! A cerimônia já vai começar – e você está convidado. Estamos aqui para premiar os dinossauros mais incríveis e chamar a atenção para suas características e qualidades excepcionais. Vamos entregar prêmios à cauda mais felpuda, à cauda mais longa, ao pescoço mais comprido e muito mais. Você vai encontrar alguns dinossauros conhecidos e outros nem tão famosos.

Conheça um predador com um topete igual ao do cantor de *rock* Elvis Presley. Aprenda sobre um dinossauro veloz que podia correr tão rápido quanto um cavalo de corrida e um famoso herbívoro conhecido como o "dinossauro unicórnio". Descubra por que eles são elogiados e saiba como viviam há milhares de anos.

Escolher os vencedores foi uma tarefa difícil, mas esperamos que você curta bastante e se encante com este tesouro, repleto de dinossauros talentosos.

Agora, é hora dos aplausos!
*A premiação vai começar...*

# Os vencedores do Dino de Ouro são:

# VELOCIRAPTOR

**Como pronunciar o nome:**
Ve-lo-ci-RAP-tor
**Significado:** ladrão veloz
**Quando viveu:** 74-70 milhões de anos, Período Cretáceo

**Encontrado na:** Ásia (Mongólia e China)
**Dieta:** répteis, anfíbios, insetos, filhotes de dinossauros e mamíferos
**Comprimento:** até 2 metros
**Altura:** cerca de 50 centímetros
**Peso:** 15 quilos

O verdadeiro Velociraptor era bem diferente das estrelas do filme *Jurassic Park – Parque dos Dinossauros*. Ele era pequeno, coberto de penas e não tão inteligente como no filme. Mas tinha garras enormes (afiadas e em forma de gancho nos membros), o que o tornava um caçador ameaçador e, aí sim, o astro dos pesadelos das pequenas criaturas.

Esse predador, do tamanho de um peru, foi um velocista, comprovando sua habilidade de acordo com o início de seu nome, *veloci*, que significa "veloz". Ele corria atrás de pequenos mamíferos e répteis, projetando para a frente duas enormes garras a fim de golpear a presa e derrubá-la no chão. As águias, por exemplo, usam as fortes garras dessa maneira nos dias de hoje. Ao contrário delas, o Velociraptor tinha a boca cheia de dentes afiados e pontudos, com bordas serrilhadas. Ele também tinha três garras menores e curvadas em cada braço, que impediam suas vítimas de escapar.

Apesar dos braços cobertos de penas, esse dino não podia voar nem planar. Em vez disso, suas penas minúsculas e macias mantinham o corpo aquecido.

O Velociraptor tinha um cérebro grande para o tamanho dele, então era um dinossaurinho bem esperto, apesar de não ser nenhum gênio.

*Esse dinossauro ágil e cheio de penas usava garras tenebrosas para capturar suas presas.*

# TSINTAOSSAURO

**Como pronunciar o nome:** Ti-sin-taos-SAU-ro
**Significado:** lagarto de Tsingtao (cidade da China)
**Quando viveu:** 83-71 milhões de anos, Período Cretáceo
**Encontrado na:** Ásia (China)
**Dieta:** folhas de pinheiros e cicas (tipo de pinheiro)
**Comprimento:** 10 metros
**Altura:** 3,6 metros
**Peso:** 3 toneladas

Os unicórnios existiram na época dos dinossauros? Bem, quando os cientistas descobriram os fósseis dos ossos do Tsintaossauro, eles viram que havia uma grande estrutura óssea pontuda saindo da testa, por isso ele passou a ser chamado "dinossauro unicórnio".

Recentemente, os cientistas revelaram que essa estrutura apontava para trás e formava a parte de uma crista oca. Essa estrutura é parecida com as cristas de um grupo chamado dinossauro-bico-de-pato, que recebeu esse nome por causa do formato dos focinhos.

Ao contrário do pato, o Tsintaossauro tinha centenas de dentes alinhados em sua mandíbula, atrás do bico. Ele usava o bico afiado para cortar as folhas das plantas e mastigá-las, formando uma polpa pastosa. Quando os dentes caíam, em razão do trabalho difícil de mastigação e moedura, novos dentes afiados cresciam.

*Prêmio UNICÓRNIO*

*A crista do Tsintaossauro talvez se pareça mais com uma calçadeira (acessório usado para calçar sapatos) do que com o chifre de um unicórnio, mas nós ainda achamos que esse é um dinossauro lendário.*

## O PRÊMIO UNICÓRNIO VAI PARA O TSINTAOSSAURO

Pacífico e herbívoro, o Tsintaossauro provavelmente vivia em bandos. Os muitos pares de olhos da manada podiam manter a segurança de todos contra qualquer perigo.

Alguns cientistas pensavam que a crista desse dino era somente um osso do nariz ou do crânio que tinha se movido de lugar. Eles não acreditavam nem um pouco que esse osso pertencia ao topo da cabeça.

O Tsintaossauro pesava 3 toneladas. Isso é cerca de seis vezes o peso de um boi.

*O Tsintaossauro andava sobre duas ou quatro patas. Isso possibilitava a ele se alimentar em diferentes alturas e comer uma variedade de plantas, desde samambaias que cresciam próximas do solo até folhas espinhosas nos galhos altos dos pinheiros.*

*Os cientistas acreditam que o "chifre de unicórnio" era provavelmente parte de uma grande crista, que se estendia da frente do focinho até o topo do crânio.*

*Esse dino possivelmente usou sua crista para se comunicar com os amigos e parentes. A crista talvez o tenha ajudado a se identificar na própria manada e a se exibir e atrair parceiros, assim como um pássaro chamado cacatua, que vive nos dias atuais.*

11

# PEGOMASTAX

**Como pronunciar o nome:** Pe-go-mas-TAQS
**Significado:** mandíbula forte
**Quando viveu:** 200-190 milhões de anos, Período Jurássico
**Encontrado na:** África (África do Sul)
**Dieta:** folhas, sementes, castanhas e frutos
**Comprimento:** 53 centímetros
**Altura:** menos de 50 centímetros
**Peso:** 2 quilos

*Prêmio* **MINIPUNK**

Imagine um dinossauro com o tamanho de um gato, presas de Drácula, costas cheias de espinhos, como as do porco-espinho, e uma atitude rebelde: conheça o Pegomastax!

Apesar de esse estranho e pequenino *punk* ter presas como as de um vampiro, ele não era nem um pouco um monstro sanguessuga. Era, na verdade, um dinossauro vegetariano. Ele provavelmente usava suas presas estilosas e pontiagudas para morder e cortar seus inimigos, competir com rivais para conquistar parceiros ou até mesmo cavar o solo a fim de encontrar alimento. Atrás de suas presas, o Pegomastax tinha dentes compridos, que se movimentavam como um par de tesouras para cortar plantas e frutas.

O Pegomastax é um dos menores dinossauros já descobertos, então ele provavelmente era vulnerável ao ataque de poderosos predadores do mundo jurássico. Mas esse dino não estava desprevenido! As cerdas duras em sua cabeça e nas costas o faziam parecer maior do que ele realmente era e menos apetitoso – afinal, qual predador gostaria de um petisco que arranha, coça e morde?

Por causa de sua mandíbula forte e rígida e com o formato de um bico de papagaio, o Pegomastax quebrava facilmente sementes e castanhas: ele foi o maior quebrador de nozes do período.

*Esse dino podia ser pequeno e fofo, mas seu bico afiado e sua atitude espinhosa o tornavam um perfeito punk pré-histórico.*

## O PRÊMIO MINIPUNK VAI PARA O PEGOMASTAX

Os vestígios fósseis do Pegomastax ficaram escondidos e esquecidos nas salas de depósito de uma universidade norte-americana por aproximadamente cinquenta anos.

Finalmente, um cientista chamado Paul Sereno começou a trabalhar nesses fósseis. Eles foram encontrados em uma rocha com cerca de 200 milhões de anos.

Ele juntou os fragmentos e os estudou com cuidado, descobrindo, por fim, um dinossauro dentuço que certamente não precisaria de fantasia para uma festa de Halloween!

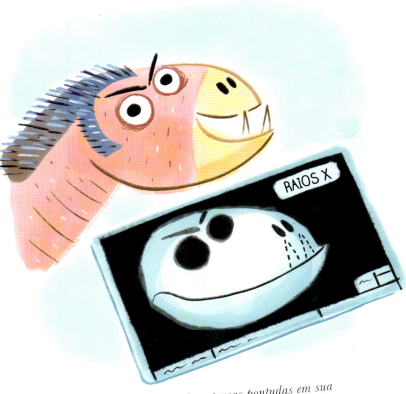

O Pegomastax tinha duas presas pontudas em sua mandíbula, que o deixavam assustador. Quando ele fechava a boca, essas presas se encaixavam perfeitamente no maxilar superior, por isso não apareciam.

As cerdas punks na cabeça e nas costas desse dino provavelmente tinham cores diferentes, o que o ajudava a identificar amigos ou parceiros.

Se o Pegomastax se sentisse ameaçado, sua melhor defesa seria usar suas longas pernas posteriores para correr rapidamente. Se ele fosse encurralado por um predador, provavelmente usaria as presas para lutar a fim de sobreviver.

# MAMENQUISSAURO

**Como pronunciar o nome:**
Ma-MEN-quis-sau-ro
**Significado:** lagarto do rio Mamen
**Quando viveu:** 160-145 milhões de anos, Período Jurássico
**Encontrado na:** Ásia (Mongólia e China)
**Dieta:** pinheiros, samambaias, cicas, musgos e cavalinhas
**Comprimento:** 21-35 centímetros
**Altura:** 9-11 metros
**Peso:** 5-75 toneladas

Com um pescoço tão longo quanto o tamanho de um ônibus, o Mamenquissauro está muito acima dos outros. Por isso, foi fácil ganhar esse prêmio.

Na verdade, o pescoço do Mamenquissauro tinha cerca de 13 metros de comprimento, o que equivale a oito vezes o tamanho do pescoço de uma girafa! Os especialistas acreditam que ele mantinha seu pescoço completamente rígido, porque as articulações entre os ossos o deixavam firme e com pouca flexibilidade.

Para devorar plantas rasteiras, o Mamenquissauro provavelmente permanecia parado com o intuito de economizar energia e arrastava o pescoço de um lado para o outro próximo do chão. Ele também teria a capacidade de colocar o pescoço por um longo caminho dentro de florestas densas ou úmidas para procurar plantas saborosas como samambaias, musgos e cavalinhas. Seus dentes pontudos eram ideais para abocanhar várias folhas dos galhos.

Praticamente tudo que se referia a esse dinossauro era gigante, até mesmo a dieta dele. O Mamenquissauro ingeria uma enorme quantidade de plantas diariamente para manter a energia e permanecer vivo. Ele era tão pesado que afundaria se tentasse caminhar em um solo macio e arenoso. O cérebro era o único órgão pequeno desse dino.

*O Mamenquissauro provavelmente vivia em bandos, assim como seus parentes pescoçudos, o Diplódoco e o Argentinossauro.*

# CAUDIPTÉRIX

**Como pronunciar o nome:** Cau-dip-TÉ-riqs
**Significado:** cauda com penas
**Quando viveu:** 130-123 milhões de anos, Período Cretáceo
**Encontrado na:** Ásia (Mongólia e China)
**Dieta:** plantas e insetos
**Comprimento:** 90 centímetros
**Altura:** menos de 1 metro
**Peso:** 7 quilos

É um pássaro? É um avião? É um dino-pássaro? Não, é o Caudiptérix! Esse pequeno dinossauro ostentava muitas características semelhantes às das aves atuais e talvez tenha evoluído de dinossauros semelhantes a pássaros, como o Arqueoptérix.

Uma dessas características parecidas com as das aves atuais eram as lindas penas na cauda. É possível que o Caudiptérix balançasse essas penas enquanto desfilava para seus parceiros, comportamento bem parecido com o dos pavões.

Assim como as aves primitivas, esse dinossauro também tinha dentes pequenos, delicados e pontudos que apontavam para fora na parte superior de seu maxilar. A mandíbula não tinha dentes e formava um bico bem chamativo.

Apesar dessas similaridades, havia uma habilidade das aves que o Caudiptérix nunca dominou: voar! Em vez disso, ele caminhava sobre duas pernas longas e fortes e zunia pelos lugares. Os braços emplumados o ajudavam a se orientar enquanto corria rapidamente.

*Prêmio* **ORGULHOSO COMO UM PAVÃO**

*O Caudiptérix parecia uma ave por causa de suas penas, cabeça bicuda, cauda curta e pernas semelhantes às das aves atuais.*

## O PRÊMIO ORGULHOSO COMO UM PAVÃO VAI PARA CAUDIPTÉRIX

O Caudiptérix foi um dos primeiros dinossauros emplumados a serem descobertos. Ele tinha penas curtas e macias cobrindo o corpo, como um cobertor quentinho.

Nos braços, ele tinha uma fileira de longas penas, que se uniam e eram parecidas com as penas das aves atuais não voadoras.

Na ponta da cauda, esse dino possuía mais penas, que tinham cerca de 20 centímetros de comprimento. Os fósseis dessas penas mostram áreas escuras e claras, o que talvez signifique que elas apresentavam linhas coloridas.

O Caudiptérix usava a pluma da cauda, com formato de leque, para se exibir aos parceiros ou se orientar enquanto corria rapidamente.

Vivendo próximo de lagos e rios da China, esse dino teria se alimentado principalmente de plantas, mas também de qualquer inseto que habitasse essas regiões alagadas. Ou seja, ele teria engolido qualquer presa pequena que fosse capaz de pegar.

Sua dieta teria sido difícil de digerir se o Caudiptérix não tivesse alguns truques na manga – ele engolia pequenas pedras, que ajudavam a moer a comida em seu estômago.

## Prêmio SER GRANDE É BONITO

Desfilando pelo tapete vermelho, é a hora do Prêmio Ser Grande é Bonito. Vamos conhecer alguns dos mais imensos e EXTRAORDINARIAMENTE gigantes dinossauros já descobertos.

**TITANOCERÁTOPS** *(Ti-ta-no-ce-RÁ-tô-pis)*
*Prêmio Crânio Gigante*

**Comprimento:** 6,7 metros  **Peso:** 7 toneladas
**Quando viveu:** 83-70 milhões de anos, Período Cretáceo
**Encontrado na:** América do Norte

Esse ancestral gigante do Tricerátops recebeu o nome de "cara com chifre titânico", em referência aos Titãs (grupo de deuses gigantes e imortais da mitologia greco-romana). Ah, você tinha pensado que era a banda de *rock* brasileira chamada Titãs, não é?! Esse dinossauro tinha um crânio enorme, com cerca de 2 metros e meio de comprimento. Essa parte do corpo é tão comprida quanto a medida da altura de duas crianças de oito anos, dispostas uma em cima da outra.

**GIGANTORAPTOR** *(Gi-gan-to-RAP-tor)*
*Prêmio Grande Ave*

**Comprimento:** 8 metros  **Peso:** 1,5 tonelada
**Quando viveu:** 85-79 milhões de anos, Período Cretáceo
**Encontrado na:** Ásia (Mongólia)

O Gigantoraptor é o maior dinossauro emplumado e com bico já descoberto. Por causa dessas características, ele é considerado um dino parecido com um grande avestruz. Era onívoro e usava seu bico forte e cortante para se alimentar de plantas, insetos, ovos e pequenos animais, e suas longas garras o ajudavam a pegar folhas e frutos das árvores. Para fugir de predadores, ele usava suas longas e poderosas pernas para correr bem rápido.

## ARGENTINOSSAURO *(Ar-gen-ti-nos-SAU-ro)*
*Prêmio Herbívoro Peso-pesado*

---

**Comprimento:** 22-35 metros   **Peso:** 73-85 toneladas
**Quando viveu:** 100-92 milhões de anos, Período Cretáceo
**Encontrado na:** América do Sul (Argentina)

Pesando, aproximadamente, seis carros de bombeiro juntos, esse dinossauro peso-pesado fazia o chão tremer enquanto passeava vagarosamente. Ele precisava comer e digerir uma vasta quantidade de plantas para manter o funcionamento desse corpo gigantesco. Os cientistas não têm certeza de seu tamanho exato, já que somente parte de seu esqueleto foi encontrado, como costelas, coluna e ossos das pernas.

## ESPINOSSAURO *(Es-pi-nos-SAU-ro)*
*Prêmio Carnívoro Colossal*

---

**Comprimento:** 12-18 metros   **Peso:** 9-20 toneladas
**Quando viveu:** 95-70 milhões de anos, Período Cretáceo
**Encontrado no:** Norte da África

Um dos maiores dinossauros carnívoros descobertos até o momento, o Espinossauro comia grandes peixes e répteis marinhos pelo fato de ser um bom nadador. Ele tinha um órgão semelhante a uma barbatana nas costas, que lembra uma vela de barco, sustentada por grandes prolongações espinhais que tinham pelo menos 1,5 metro de comprimento. A gordura dele era armazenada nessa "vela" para equilibrá-lo embaixo da água. Outras teorias sugerem que essa estrutura controlava a temperatura corporal desse animal, ou que os padrões da pele que a recobria o ajudava a se identificar entre o bando ou se exibir para potenciais parceiros.

# TIRANOSSAURO REX

**Como pronunciar o nome:** Ti-ra-nos-SAU-ro REQS
**Significado:** rei dos lagartos tiranos
**Quando viveu:** 68-66 milhões de anos, Período Cretáceo
**Encontrado na:** América do Norte
**Dieta:** outros dinossauros, vivos ou mortos
**Comprimento:** 12 metros
**Altura:** 4 metros
**Peso:** até 9 toneladas

Com uma mordida de esmagar os ossos, mais de 50 dentes serrilhados do tamanho de uma banana e mandíbula enorme o suficiente para engolir uma pessoa inteira, o famoso T. Rex definitivamente merece ganhar o Prêmio Rei dos Dinos.

A incrível força da mordida do T. Rex era muito mais poderosa que a da mordida de qualquer outro animal terrestre que já viveu. Os músculos do pescoço sustentavam seu crânio gigante, que tinha cerca de 1,5 metro de comprimento. No interior do crânio, o cérebro desse dino era quase duas vezes maior que o de qualquer outro gigante carnívoro e tinha grandes áreas dedicadas à visão e ao olfato.

E os talentos do T. Rex não acabam aí! Se o ser humano tivesse vivido na mesma época que os dinossauros, seria impossível correr para escapar dele. Sabe-se que esse dino perseguia sua presa com velocidade de até 40 quilômetros por hora.

O júri ainda não decidiu se o T. Rex era coberto de escamas ou penas. Os filhotes dele provavelmente tinham penas macias para mantê-los aquecidos, e os adultos talvez tenham tido penas arrepiadas em algumas partes do corpo.

*Prêmio REI DOS DINOS*

*Tão grande quanto um ônibus, o T. Rex foi um dos maiores devoradores de dinossauros que já existiu.*

# COMPSOGNATO

**Como pronunciar o nome:** Com-pso-gui-NA-to
**Significado:** mandíbula elegante
**Quando viveu:** 155-145 milhões de anos, Período Jurássico
**Encontrado na:** Europa (Alemanha e França)
**Dieta:** insetos, lagartos, peixes, anfíbios e serpentes
**Comprimento:** 60-120 centímetros
**Altura:** 60 centímetros
**Peso:** 3 quilos

Um dos menores dinossauros de todos, o minúsculo Compsognato não era maior que uma galinha dos dias de hoje. Mas ele era uma figura e tanto!

Esse pequeno endiabrado foi um feroz e ágil predador. Ele corria muito rápido na ponta dos pés, mantendo sua longa cauda longe do chão para dar equilíbrio ao corpo. A cauda tinha a função de um leme de barco, permitindo ao Compsognato mudar de direção bruscamente enquanto perseguia uma presa.

Esse dino foi pequeno em estatura, mas não mostrava nenhuma misericórdia. Ele usava sua mão com três garras para segurar sua azarada presa e seus dentes afiados para morder vítimas maiores. O pescoço era longo e flexível e se movimentava em todas as direções para que pudesse capturar suas vítimas antes que escapassem.

Até o momento, não há evidências fósseis de que o Compsognato caçava em grupo, mas, em geral, pequenos dinossauros gostavam de trabalhar coletivamente para manter a segurança do bando e abater presas grandes. Ele tinha pequenas cerdas semelhantes a penas em seu corpo escamoso.

*Prêmio DINO PEQUENINO*

*O Compsognato usava sua apurada visão e sua capacidade de trocar de rota com facilidade para capturar pequenos animais.*

## O PRÊMIO DINO PEQUENINO VAI PARA O COMPSOGNATO

A pequena e pontuda cabeça do Compsognato tinha aproximadamente o mesmo tamanho da palma de sua mão, querido leitor!

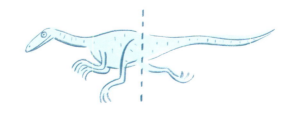

A cauda desse dino correspondia a cerca da metade da medida do comprimento dele. Ele também tinha pernas longas e fortes para correr atrás das presas.

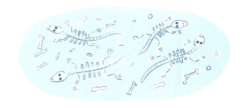

Os fósseis do Compsognato tinham pequenos lagartos preservados no estômago, ou seja, essa foi a última refeição dele antes de morrer.

Os primeiros dinossauros a correr por nosso planeta, como o Herrerassauro, o Eoraptor e o Panfásia, eram pequenos e ágeis caçadores com os quais o Compsognato se parecia. No entanto, eles viveram cerca de 80 milhões de anos antes desse pequenino dinossauro.

O Compsognato tinha penas simples em algumas partes do corpo. Isso provavelmente mantinha esse pequeno dino aquecido, mas elas não eram úteis para voar.

O Compsognato tinha ossos ocos, como as aves atuais. Isso tornava o esqueleto dele muito leve para que corresse rapidamente. Ele, provavelmente, alcançava uma velocidade de até 65 quilômetros por hora.

Esse dino pegava peixes ou se alimentava de filhotes de Pterossauro (répteis voadores) que viviam em hábitats alagados.

# CARCARODONTOSSAURO

**Como pronunciar o nome:**
Car-ca-ro-don-tos-SAU-ro
**Significado:** lagarto com dente de tubarão
**Quando viveu:** 145-72 milhões de anos, Período Cretáceo

**Encontrado no:** Norte da África
**Dieta:** dinossauros herbívoros
**Comprimento:** 8-14 metros
**Altura:** 4 metros
**Peso:** 6-8 toneladas

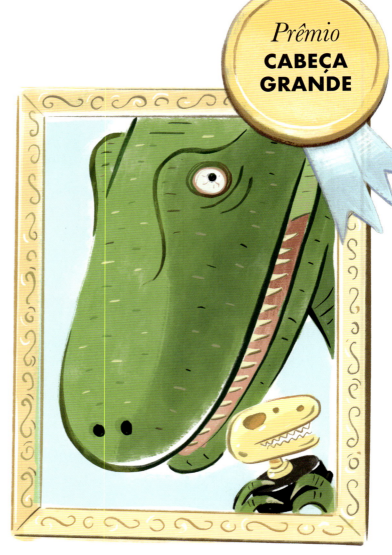

*Um dos maiores e mais destemidos predadores da África, o Carcarodontossauro foi um dinossauro poderoso, com dentes mortais e uma cabeça gigantesca.*

O Carcarodontossauro foi um dinossauro cabeçudo. O crânio dele media um pouco mais de 1,5 metro de comprimento – essa é a mesma medida do comprimento de uma banheira!

O Carcarodontossauro se parecia muito com o T. Rex pelo fato de ser um gigantesco carnívoro que se movia sobre longas e poderosas pernas. Ele viveu antes do rei dos dinossauros e em um continente diferente, por isso esse cabeçudo nunca precisou se preocupar com a possibilidade de o T. Rex roubar sua comida (ou seu holofote). Ele teve, no entanto, que competir com outros predadores, como o Espinossauro, que perambulava pelos pântanos e florestas no norte da África no mesmo período. O Carcarodontossauro era quase tão grande quanto o Espinossauro e pode ter sido capaz de roubar e vasculhar as presas de seu rival.

Esse dino recebeu esse nome por causa de seus dentes pontiagudos e triangulares, que se parecem com os dentes do gigante tubarão-branco, porém, maiores. Com esses dentes afiadíssimos, ele cortava facilmente a grossa camada de pele de dinossauros herbívoros.

Esse assassino pré-histórico contava com seus sentidos aguçadíssimos durante a caça. Um exemplo disso era usar seu poderoso olfato para farejar animais mortos ou em estado de decomposição a fim de se alimentar.

## O PRÊMIO CABEÇA GRANDE VAI PARA O CARCARODONTOSSAURO

O Carcarodontossauro provavelmente corria até 42 quilômetros por hora – tão rápido quanto um T. Rex.

Esse dino tinha uma cabeça enorme, e ela era tão comprida quanto uma cama de solteiro!

Ele tinha dentes do tamanho de uma faca, com cerca de 20 centímetros de comprimento, enquanto os maiores dentes de um tubarão-branco têm apenas 5 centímetros de comprimento.

*O Carcarodontossauro chutava suas vítimas com suas poderosas pernas. As grandes garras afiadas desse predador mortal mantinham sua vítima presa para que ele as mordesse.*

*O primeiro fóssil encontrado desse dino foi destruído quando um museu em Munique, na Alemanha, foi bombardeado durante a Segunda Guerra Mundial (1939-1945).*

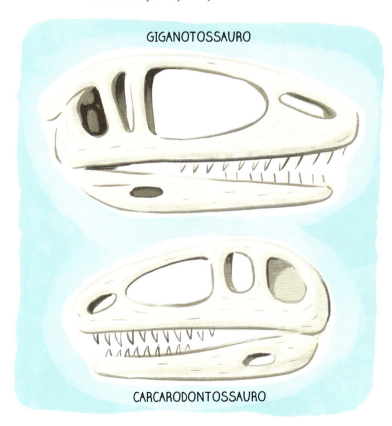

*O gigante Giganotossauro, dinossauro da América do Sul, tinha um crânio maior que o de seu parente Carcarodontossauro.*

*Esse dino de cabeça grande provavelmente tinha uma visão aguçada que o ajudava durante a caça de suas presas.*

# TRICERÁTOPS

**Como pronunciar o nome:** Tri-ce-RÁ-tô-pis
**Significado:** rosto de três chifres
**Quando viveu:** 68-66 milhões de anos, Período Cretáceo
**Encontrado na:** América do Norte
**Dieta:** plantas resistentes como samambaias, cicas e pinheiros
**Comprimento:** 9 metros
**Altura:** 3 metros
**Peso:** 5-10 toneladas

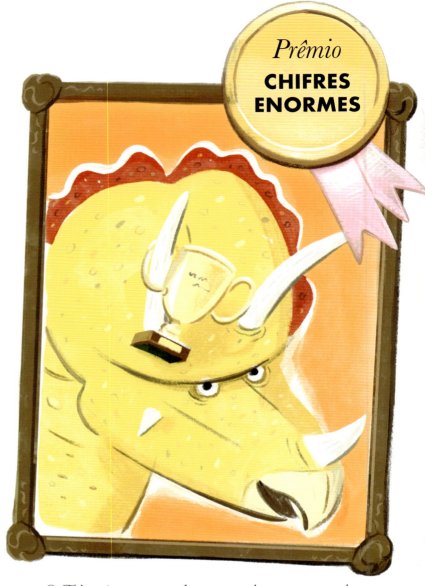

*Prêmio* **CHIFRES ENORMES**

Um dos maiores e mais conhecidos dinossauros com chifres, o ganancioso Triceratops tinha TRÊS chifres: dois longos, pontudos e ossudos, e um chifre menor no nariz. Os três chifres eram cobertos de queratina – uma proteína de que nossos cabelos e unhas são feitos.

Os chifres do Triceratops estão localizados na parte externa de seu gigantesco crânio, que tinha cerca de 1,8 metro de comprimento. Na parte traseira do crânio, ele tinha uma couraça decorada com pinos pontudos ao redor da borda. Esse escudo elegante provavelmente era usado contra predadores, mas também mudava de cor para chamar a atenção de parceiros, alertar os companheiros de alguma ameaça ou ajudar indivíduos da mesma espécie a se reconhecer, regular a temperatura ou, ainda, lutar entre si.

O Triceratops se deslocava entre pântanos e florestas da América do Norte há cerca de 67 milhões de anos, logo antes de os dinossauros serem extintos. Além disso, ele pastava arrancando as plantas com seu bico afiado, semelhante ao dos papagaios, que crescia ao longo da vida.

Esse grandioso dinossauro tinha poderosas mandíbulas com músculos enormes e dentes enfileirados parecidos com tesouras. Na verdade, o Triceratops tinha aproximadamente 800 dentes! Quando eles ficavam velhos ou desgastados, novos dentes surgiam.

*O Triceratops era pelo menos cinco vezes mais pesado do que um bisão, que é o animal mais pesado da América do Norte atualmente.*

26

# YUTIRANO

**Como pronunciar o nome:**
Iu-ti-RA-no
**Significado:** tirano emplumado
**Quando viveu:** 130-125 milhões de anos, Período Cretáceo

**Encontrado na:** Ásia (China)
**Dieta:** outros dinossauros, vivos ou mortos
**Comprimento:** 9-10 metros
**Altura:** 3 metros
**Peso:** 1-2 toneladas

O Yutirano foi o primeiro grande dinossauro a ser encontrado com penas preservadas ao redor do esqueleto fóssil. Esse dino recebeu esse nome por causa da palavra *Yu* em mandarim, que significa "pena".

O Yutirano usava suas penas longas e finas como um casaco macio e felpudo que cobria seu corpo dos pés à cabeça. As penas eram parecidas com as penas arrepiadas das aves não voadoras atuais, como as da ema ou as do casuar. Esse dino era muito grande e pesado para voar. No entanto, suas penas tinham a função de controlar a temperatura corporal, manter seus ovos aquecidos ou camuflar.

Não se engane com esse dino-felpudo! O Yutirano NÃO era nenhuma fofura. Ele era um poderoso e furioso predador com uma boca enorme e cheia de 56 dentes afiados no formato de uma banana. Somente seu crânio tinha quase 1 metro de comprimento!

Os cientistas sabem muito pouco a respeito de como o Yutirano caçava suas presas. Além disso, ele corria sobre duas pernas menores que as do T. Rex; provavelmente, não corria tão rápido.

*Prêmio FURIOSO E FELPUDO*

*Você gostaria de conhecer a maior fera emplumada que já viveu em nosso planeta? Pense bem...*

**O PRÊMIO FURIOSO E FELPUDO VAI PARA O YUTIRANO**

O Yutirano foi o ancestral de seu parente famoso, o rei T. Rex, mas ele só teria chegado à altura do peito da majestade jurássica.

O T. Rex era aproximadamente seis vezes mais pesado que esse dino felpudo.

O Yutirano tinha braços e garras maiores que os do T. Rex, o que ajudava na captura de suas presas.

*O Yutirano tinha um bico com uma crista que era usada para atrair um companheiro e identificar amigos e parentes.*

*Vivendo em florestas sombrias e no clima frio, esse dinossauro achava seu casaco de penas muito útil, principalmente no inverno.*

*Suas penas tinham de 15 a 20 centímetros de comprimento e pareciam um pouco com as penugens dos filhotes da galinha.*

*O Yutirano usava seus pés enormes para prender uma presa no chão enquanto a devorava com seus dentes pontiagudos.*

# Prêmio DINOSSAUROS MAIS MORTAIS

Extra, extra… os vencedores do Prêmio Dinossauros Mais Mortais acabam de ser anunciados! Esses vilões eram realmente predadores assustadores na época dos dinossauros e continuam nos intimidando nos dias de hoje.

**UTAHRAPTOR** (U-tah-RAP-tor)
*Prêmio Garras Gigantes*

---

**Comprimento:** 5-7 metros    **Peso:** 0,5-1 tonelada
**Quando viveu:** 112-100 milhões de anos, Período Cretáceo
**Encontrado na:** América do Norte

Com uma garra enorme em forma de gancho no segundo dedo dos pés, o Utahraptor era um inimigo que você não gostaria de ter. Esse perigoso predador pesava tanto quanto um urso polar e usava suas colossais garras afiadas para cortar, perfurar e até estripar suas vítimas. *Eca!* Essas premiadas garras tinham cerca de 30 centímetros de comprimento.

**COELÓFISIS** (Co-e-LÓ-fi-sis)
*Prêmio Grupo Poderoso*

---

**Comprimento:** 2-3 metros    **Peso:** 18-27 quilos
**Quando viveu:** 225-190 milhões de anos, Período Triássico
**Encontrado no:** Sudeste da África, América do Norte e Ásia (Mongólia)

O Coelófisis era um ágil dinossauro com pernas longas. Ele trabalhava em equipe para caçar e dominar dinossauros maiores a serem saboreados no jantar. Ele também corria com velocidade de até 32 quilômetros por hora atrás de presas, como insetos e lagartos. Esse dino mantinha sua longa cauda erguida no ar para equilibrar o peso da parte da frente do próprio corpo. Apesar do tamanho pequeno, o Coelófisis era um inimigo feroz com dentes grandes, afiados e pontiagudos, e garras que imobilizavam suas vítimas.

## MAJUNGASSAURO *(Ma-jun-gas-SAU-ro)*
*Prêmio Canibal Esperto*

**Comprimento:** 6 metros   **Peso:** 2 toneladas
**Quando viveu:** 84-71 milhões de anos, Período Cretáceo
**Encontrado na:** África (Madagascar)

A mais sanguinária das bestas que já existiu na ilha africana de Madagascar era um robusto dinossauro e um ótimo predador que às vezes se tornava um canibal. Marcas de dentes em ossos do Majungassauro mostram que ele comia até a própria espécie. Os cientistas não têm certeza, no entanto, se os amigos e familiares desse dinossauro estavam vivos ou mortos quando iam para a mesa de jantar. *Gulp!*

## GIGANOTOSSAURO *(Gi-ga-no-tos-SAU-ro)*
*Prêmio Dinossauro Assassino*

**Comprimento:** 11-13 metros   **Peso:** 8-14 toneladas
**Quando viveu:** 99-97 milhões de anos, Período Cretáceo
**Encontrado na:** América do Sul (Argentina)

Um membro efetivo do clube dos dinossauros mais mortais, o Giganotossauro era maior e mais rápido que o T. Rex. A gigantesca mandíbula desse dino assassino era preenchida com, pelo menos, 80 dentes afiados, cada um maior que a mão de uma pessoa adulta. Ele não era um dinossauro que podia ser intimidado e provavelmente caçava espécies herbívoras maiores que ele próprio.

# ARQUEOPTÉRIX

**Como pronunciar o nome:** Ar-que-op-TÉ-riqs
**Significado:** ave ancestral
**Quando viveu:** 150-147 milhões de anos, Período Jurássico
**Encontrado na:** Europa (Alemanha)
**Dieta:** peixes e animais costeiros
**Comprimento:** 30-50 centímetros
**Altura:** 20 centímetros
**Peso:** 70 gramas-1 quilo

Os cientistas acreditam que o Arqueoptérix foi um dinossauro com características de aves e tinha o tamanho aproximado de um pombo. Embora esse dino pudesse voar por curtas distâncias, ele não era muito bom nisso e provavelmente devia realizar um voo turbulento.

O Arqueoptérix tinha braços longos cobertos de penas, similares às dos pombos atuais. No entanto, diferente das aves, ele possuía um esqueleto parecido com o de um pequeno Velociraptor, uma mandíbula fina e pontuda com dentes, garras afiadas nos dedos das mãos e dos pés e uma cauda rígida que media 50 centímetros de comprimento.

Esse dinossauro era uma tripla ameaça: ele podia voar (um pouco), podia correr, usando sua cauda para se equilibrar, e provavelmente nadava. Essas habilidades foram úteis, porque ele vivia em ilhas de clima seco e arborizadas, à beira de mares quentes e pouco profundos.

O Arqueoptérix pode ter capturado peixes de águas salgadas do mar ou abocanhado caranguejos, mariscos, minhocas e insetos. Ele tinha aproximadamente cinquenta dentes pequenos e pontudos em sua mandíbula, que eram ideais para abocanhar suas pequenas presas. Além disso, ele usava suas afiadas garras assassinas para prender no chão presas maiores.

Prêmio **PRIMEIRO VOO**

*O Arqueoptérix voava por pequenas distâncias batendo suas asas, semelhante aos faisões atuais. Isso o ajudava a caçar presas e a escapar de predadores.*

# HIPSILOFODONTE

**Como pronunciar o nome:** Ip-si-lo-fo-DON-te
**Significado:** dente pontudo
**Quando viveu:** 125-120 milhões de anos, Período Cretáceo
**Encontrado na:** América do Norte e Europa
**Dieta:** plantas rasteiras, como samambaias e coníferas
**Comprimento:** 2,5 metros
**Altura:** 90 centímetros
**Peso:** 20-50 quilos

O Hipsilofodonte corria extremamente rápido com suas longas patas traseiras. Esse campeão de fuga podia girar, abaixar-se repentinamente, ziguezaguear e se esquivar enquanto fugia dos inimigos.

O Hipsilofodonte tinha uma cabeça pequena, que não era maior que uma mão humana. No interior da boca havia fileiras de dentes afiados e cortantes, que podiam ser repostos quando estavam velhos ou desgastados. Esses dentes são semelhantes a uma ferramenta e eram usados para cortar o próprio alimento. Esse dinossauro era diferentão, porque tinha dentes frontais pontiagudos, assim como um bico afiado (a maioria dos dinossauros com boca semelhante a um bico não tinha dentes na frente). O Hipsilofodonte também tinha bolsas grandes nas bochechas, onde armazenava comida enquanto mastigava, como o *hamster*, ou carregava a comida até um lugar seguro se algum perigo o ameaçasse.

Os cientistas acreditam que ele se alimentava de insetos, pequenos répteis e plantas. Quando sentia fome, o Hipsilofodonte usava suas curtas patas da frente para se equilibrar e pegar alimentos.

*Do mesmo modo que a gazela e o veado atuais, esse pequeno dinossauro pé-leve vivia em bandos e fazia arrancadas velozes para escapar dos predadores.*

**O PRÊMIO ARTISTA EM ESCAPAR VAI PARA O HIPSILOFODONTE**

O Hipsilofodonte pesava aproximadamente o mesmo que um cão de grande porte ou uma pessoa pequena.

Com suas pernas longas e flexíveis, ele corria tão rápido quanto o avestruz de hoje.

Esse dino não tinha problema em comer plantas porque seus dentes pré-molares afiavam-se uns nos outros — era um truquezinho útil!

*O Hipsilofodonte tinha placas fibrosas de cartilagem entre as costelas. Essas placas separavam as costelas quando ele corria bem rápido. Dessa maneira, seus pulmões podiam expandir amplamente para absorver mais oxigênio.*

*Esse dino tinha olhos grandes para estar atento a todos os perigos.*

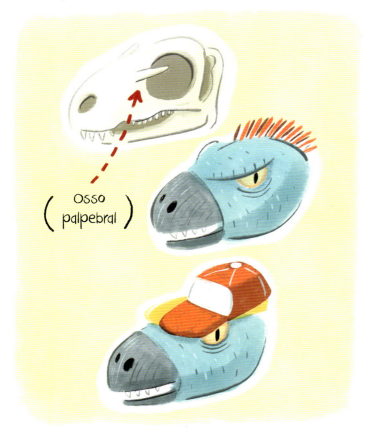

*Esses ossos pontudos formavam capas protetoras sobre os olhos do Hipsilofodonte. Assim, era como se ele usasse dois bonés, um sobre cada olho.*

*Quando estava caçando, esse dinossauro mantinha a coluna na horizontal, alinhada ao chão. A longa cauda permanecia firme e acima do solo para manter o próprio equilíbrio.*

# EUOPLOCÉFALO

**Como pronunciar o nome:** Eu-o-plo-CÉ-fa-lo
**Significado:** cabeça bem protegida
**Quando viveu:** 76-70 milhões de anos, Período Cretáceo
**Encontrado na:** América do Norte
**Dieta:** plantas rasteiras, como samambaias e cavalinhas
**Comprimento:** 6-7 metros
**Altura:** 2 metros
**Peso:** 2 toneladas

O Euoplocéfalo era um dinossauro pesado. Ele tinha um casaco blindado e uma cauda pesada, que se movia com uma clava óssea na ponta. Essa parte da cauda recebeu esse nome porque remete a uma arma medieval.

Esse dinossauro geralmente caminhava devagar sobre suas quatro patas rechonchudas. Se ele estivesse bravo, corria o mais rápido possível, mas você ainda seria capaz de ultrapassá-lo. O Euoplocéfalo tinha um focinho amplo que o ajudava a arrancar folhas de plantas e bochechas que armazenavam comida. Além disso, ele possuía dentes pequenos para moer esses vegetais até se tornarem uma saborosa polpa.

Em vez de viver em bando, o Euoplocéfalo provavelmente era um animal solitário. Sobre sua estrutura, os ossos formavam um escudo com espinhos que estavam presentes em sua cabeça, pescoço, costas e laterais, e esse escudo o protegia do ataque de predadores. No entanto, ele tinha uma barriga sem essa proteção, como a do porco-espinho. Se um predador conseguisse virar o Euoplocéfalo de barriga para cima, ele poderia ferir essa região. Para evitar isso, ele tinha uma arma mortal – uma cauda pesada revestida de pedaços grossos de osso.

*Prêmio* **REI DOS ADEREÇOS**

*O Euoplocéfalo foi um dos dinossauros que tinham uma "armadura" – uma pele coberta de placas ósseas, como a armadura de um guerreiro. Ele era parente próximo do Anquilossauro.*

## O PRÊMIO REI DOS ADEREÇOS VAI PARA O EUOPLOCÉFALO

A clava da cauda do Euoplocéfalo era como a cabeça de um martelo. A parte superior e flexível da cauda balançava essa ponta quando um perigo o ameaçava.

As narinas dele tinham muitas voltas, como um canudo espiral! Os cientistas não têm certeza da função dessas cavidades nasais no corpo dele. Mas elas podem ter dado ao Euoplocéfalo um bom olfato.

As grandes placas com espinhos e ossos nas costas desse dino impediam os predadores de mordê-lo facilmente.

*O Euoplocéfalo era um dos mais pesados dinossauros que tinha armadura e até pálpebras ósseas, que se fechavam como cortinas para proteger os olhos.*

*O cérebro dele era tão pequeno que cabia numa xícara. Ops! Ele não foi o dinossauro mais inteligente do planeta!*

*O Euoplocéfalo usava sua cauda poderosa para bater na lateral do corpo dos inimigos.*

*A enorme barriga ajudava o Euoplocéfalo a digerir os vegetais mais resistentes, que o faziam produzir muitos gases – PUM! Que cheiro ruim!*

# MAIASSAURA

**Como pronunciar o nome:** Mai-as-SAU-ra
**Significado:** lagarto boa-mãe
**Quando viveu:** 80-75 milhões de anos, Período Cretáceo
**Encontrado na:** América do Norte
**Dieta:** plantas arbóreas, folhas e frutos
**Comprimento:** 9 metros
**Altura:** 2-2,5 metros
**Peso:** 2-5 toneladas

*Prêmio* **MÃEZONA**

Essa devotada dinossaura merece totalmente seu prêmio pelo fato de ser a melhor mãessaura do mundo! Ela foi o primeiro fóssil de dinossauro a ser encontrado perto de seu ninho, que tinha ovos e filhotes.

A fêmea do dinossauro Maiassaura fazia ninhos em grandes grupos, provavelmente para que pudessem avisar uns aos outros dos perigos e ajudar a defender seus ninhos e filhotes de ataques. Esse dino também retornava ao lugar de nidificação (chamado "montanha do ovo!") ano após ano, da mesma maneira que os pinguins fazem hoje em dia.

A mãe Maiassaura era muito ocupada! Ela depositava de trinta a quarenta ovos todo ano. A casca dos ovos era dura e frágil, semelhante a de aves atuais. Como esse dino botava muitos ovos, cada um tinha o tamanho aproximado de uma laranja.

Apesar de os filhotes nascerem pequenos, eles cresciam muito rápido. No primeiro ano, eles ganhavam de 30 a 90 centímetros de comprimento. À medida que eles cresciam, permaneciam no grupo, no qual havia muitos da própria espécie para vigiá-los. Como outros dinossauros com focinho largo e parecido com um pato (conhecidos como dinossauros-bico-de-pato), o Maiassaura provavelmente vivia cerca de dez anos.

*O Maiassaura viveu em bandos enormes e com milhares da própria espécie, possivelmente fazendo longas jornadas juntos durante a mudança de estações para procurar plantas a fim de se alimentar.*

### O PRÊMIO MÃEZONA VAI PARA A MAIASSAURA

O Maiassaura foi o primeiro dinossauro a visitar as estrelas! Os astronautas levaram ao espaço um ovo e um pedaço de osso fossilizados dessa espécie em 1985.

Esse dinossauro era tão pesado quanto um hipopótamo macho grande!

Nós sabemos do que o Maiassauro gostava demais por causa de seu cocô fossilizado, que contém restos de plantas arbóreas duras.

*A fêmea construía ninhos formando crateras para retirar toda a lama e, assim, arrumava os ovos em camadas. Uma cobertura de vegetação apodrecida fornecia calor e ajudava os ovos a se desenvolver.*

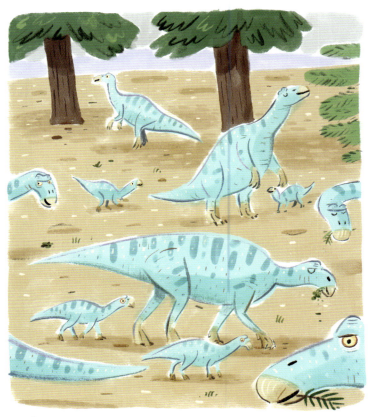

*É possível que esse dino caminhasse sobre as quatro patas, mas também conseguiria ficar sobre as duas fortes patas traseiras para observar os rivais ou encontrar parceiros.*

*O Maiassaura tinha uma cauda pequena e pesada para se equilibrar enquanto corria com velocidade de até 40 quilômetros por hora.*

*O formato da cabeça desse dino era um pouco parecido com o de um cavalo. Ele tinha uma crista óssea e robusta próxima dos olhos para se exibir a parceiros ou dar cabeçadas nos rivais.*

# DEINONICO

**Como pronunciar o nome:** Dei-no-NI-co
**Significado:** garra terrível
**Quando viveu:** 120-110 milhões de anos, Período Cretáceo
**Encontrado na:** América do Norte
**Dieta:** dinossauros herbívoros
**Comprimento:** 3 metros
**Altura:** 1,5 metro
**Peso:** 75 quilos

O Deinonico tinha características de superdotado. Seu cérebro era muito maior que o de dinossauros parecidos com ele e tinha os sentidos da visão e do olfato apurados. Assim, esse dino conseguia ser um caçador terrível e impressionante.

O Deinonico viveu e caçou em bando, semelhante ao que os lobos fazem hoje em dia. Trabalhando em equipe, esse dinossauro inteligente e ágil usou seu poderoso cérebro para se comunicar, planejar ataques e dominar dinossauros herbívoros enormes e muito maiores, como o Tenontossauro (um dos dinossauros-bico-de-pato).

Além de ser meio genial, esse dino tinha uma arma aterrorizante para matar suas presas. No segundo dedo de cada pata traseira havia uma garra enorme e curvada, que podia chegar a até 13 centímetros de comprimento. Quando estava caminhando ou correndo bem rápido sobre suas duas fortes pernas traseiras, ele mantinha a terrível garra levantada do chão. Por isso a garra estava sempre superafiada e pronta para rasgar suas presas ou para combater predadores. A cauda longa e rígida do Deinonico mantinha o equilíbrio dele e contribuía para viradas repentinas enquanto ele estava caçando. Resumindo, é um sujeito para manter distância!

*Se tivesse existido uma escola para predadores na época dos dinossauros, o Deinonico — com seu grande cérebro e muitos talentos — teria sido o melhor da turma!*

## O PRÊMIO MELHOR ALUNO VAI PARA O DEINONICO

O Deinonico tinha quase o mesmo tamanho de um carro.

Ele também tinha uma mandíbula poderosa com mais de 60 dentes pontiagudos.

Esse dino era um parente próximo do Velociraptor, mas tinha quase o dobro do tamanho de seu primo.

*O bando de Deinonico atuava em equipe para derrubar presas muito maiores. Além disso, os olhos grandes ajudavam a localizar suas vítimas.*

*O Deinonico perfurava as presas com garras enormes presentes nas patas traseiras. Essas garras giravam rapidamente e faziam dilacerações profundas e dolorosas de pelo menos 90 centímetros de profundidade.*

*Os cientistas ainda não encontraram qualquer evidência da presença de penas nos esqueletos desse dino. No entanto, como seu primo Velociraptor tinha penas, é provável que o Deinonico também as tivesse para se manter aquecido, ou para se exibir a um parceiro.*

*As aves de rapina atuais, como a águia e o falcão, compartilham algumas características semelhantes às do Deinonico, até mesmo velocidade, agilidade, cérebro grande e garras mortais.*

# Prêmio
## ESCUDO DE DRAGÃO

Estamos felizes em anunciar os vencedores do prêmio para os dinossauros que possuem as mais maravilhosas e extravagantes armaduras! Desde escudos até incríveis espinhos e colares de ossos, esses dragões armados estavam bem-preparados para qualquer situação com a qual a vida os surpreendesse.

**ANQUILOSSAURO** *(An-qui-los-SAU-ro)*
*Prêmio Tanque Blindado*

---

**Comprimento:** até 10 metros   **Peso:** 4,5 toneladas
**Quando viveu:** 112-100 milhões de anos, Período Cretáceo
**Encontrado na:** América do Norte

O corpo do Anquilossauro poderia ser considerado um tanque de guerra, porque ele era coberto de fileiras de placas ósseas resistentes a mordidas, como no caso dos jacarés atuais. Ou seja, ele não precisava se preocupar com a maioria dos predadores. Além disso, o cérebro dele era protegido por um crânio muito forte, e os chifres e essas placas protegiam os olhos.

**PINACOSSAURO** *(Pi-na-cos-SAU-ro)*
*Prêmio Cota de Malha*

---

**Comprimento:** 5 metros   **Peso:** até 2 toneladas
**Quando viveu:** 80-75 milhões de anos, Período Cretáceo
**Encontrado na:** Ásia (Mongólia e China)

Os caroços ósseos da pele do Pinacossauro eram parecidos com as armaduras de cota de malha que os cavaleiros medievais usavam nas batalhas. Esse dino também tinha um osso, em formato de anel, ao redor do pescoço que o protegia dos dentes afiados ou das garras diaceradoras dos inimigos.

### **SAUROPELTA** *(Sau-ro-PEL-ta)*
*Prêmio Ombros Espinhosos*

**Comprimento:** 5 metros   **Peso:** até 2 toneladas
**Quando viveu:** 121-94 milhões de anos, Período Cretáceo
**Encontrado na:** América do Norte

O Sauropelta tinha duas fileiras de espinhos afiados em cada lado do pescoço, que era uma das áreas mais vulneráveis nele, pois havia espaço entre elas. Esses espinhos tornavam esse dinossauro blindado maior e mais perigoso, pois intimidavam os inimigos e os afastavam de uma provável luta. Isso era importante, porque ele era lento e não tinha a famosa cauda óssea para usar como arma.

### **GASTÔNIA** *(Gas-TÔ-ni-a)*
*Prêmio Armadura Maravilhosa*

**Comprimento:** 4,6 metros   **Peso:** 1 tonelada
**Quando viveu:** 142-127 milhões de anos, Período Cretáceo
**Encontrado na:** América do Norte

O Gastônia tinha um corpo blindado e com muitos espinhos e, por isso, era difícil um predador pular nas costas ou na lateral do corpo dele, além de ele ter um escudo sólido cobrindo os quadris. O ponto fraco dele era a barriga, que ficava desprotegida, assim como a de seus parentes. Se esse dinossauro permanecesse imóvel, ele teria uma boa chance de sobreviver a um ataque por causa dessa proteção toda.

# SUCOMIMO

**Como pronunciar o nome:** Su-co-MI-mo
**Significado:** imitação de crocodilo
**Quando viveu:** 121-112 milhões de anos, Período Cretáceo
**Encontrado no:** Norte da África
**Dieta:** peixes, répteis aquáticos e outros dinossauros
**Comprimento:** 11-12 metros
**Altura:** 2,7-4 metros
**Peso:** 3-6 toneladas

Com seu focinho longo, estreito e cheio de dentes, o Sucomimo parecia um pouco com um dinossauro fantasiado de crocodilo. Pronto para uma festa à fantasia!

A mandíbula longa e estreita do Sucomimo lembrava um cone e tinha cerca de 100 dentes pontudos. Esses dentes eram curvados para dentro e apropriados para abocanhar peixes escorregadios. As garras enormes em seus polegares eram usadas para espetar peixes ou cortar e matar dinossauros menores. O Sucomimo vivia nas mesmas regiões que os crocodilos-gigantes, como o Sarcossuco, e provavelmente disputava a comida com esses monstros enormes pré-históricos. Ele também se alimentava de qualquer resto de animal morto encontrado nessas redondezas.

Esse poderoso predador viveu na África, vagando pelas costas de rios e lagos na região que hoje em dia corresponde ao deserto do Saara. Surpreendentemente, essa região era muito úmida e cheia de vegetação verde e exuberante na época dos dinossauros! O Sucomimo tinha uma coluna vertebral grande e forte. Sua coluna possuía uma corcunda, que teria sido usada para armazenar comida. E as vértebras podem ter sustentado uma estrutura parecida com uma vela de barco feita de pele, que ajudava esse dinossauro a controlar a temperatura corporal.

Prêmio **MELHOR FANTASIA**

*O Sucomimo era muito menor que seu primo Espinossauro, mas ele ultrapassaria o tamanho de um ser humano, que chegaria somente à altura dos joelhos desse dino.*

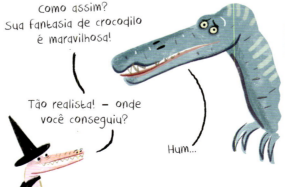

O Sucomimo usava suas duas poderosas pernas traseiras e sua longa cauda para nadar.

Esse dino era capaz de nadar e caçar na água para se alimentar.

As garras dos polegares do Sucomimo eram semelhantes a lâminas – tinham cerca de 30 centímetros de comprimento! Quando alongadas, elas podiam chegar a 37 centímetros de comprimento.

O longo focinho dele terminava em um grande queixo que abrigava os dentes mais longos. Esses dentes agarravam e despedaçavam peixes muito grandes.

# PAQUIRRINOSSAURO

**Como pronunciar o nome:** Pa-quir-ri-nos-SAU-ro
**Significado:** lagarto de nariz espesso
**Quando viveu:** 76-74 milhões de anos, Período Cretáceo
**Encontrado na:** América do Norte
**Dieta:** palmeiras e cicas
**Comprimento:** 5,8-7 metros
**Altura:** 3 metros
**Peso:** 2-3 toneladas

O Paquirrinossauro foi um lutador campeão. Ele tinha uma cabeça coberta de grandes saliências ósseas, denominadas "calombos", além de chifres e espinhos. Esse é um dinossauro com quem você não gostaria de topar!

O Paquirrinossauro tinha um nariz protuberante semelhante a uma luva de boxe para ajudá-lo a sobreviver aos combates com seus rivais. Essa protuberância nasal era feita de nódulos grossos de osso esponjoso. Ele também tinha nódulos menores e caroços acima de cada olho. Esses calombos ósseos eram úteis para absorver o impacto dos empurrões durante as lutas. Uma curta gola óssea ajudava a proteger o pescoço do Paquirrinossauro de predadores e regulava a temperatura corporal dele. Essa gola era decorada com alguns chifres e espinhos, que poderiam machucar qualquer predador que tentasse atacá-lo nessa parte do corpo.

Como o Paquirrinossauro vivia e viajava em grandes bandos, isso também o protegia de predadores. Alguns desses bandos tinham centenas ou até milhares de indivíduos que migravam a cada ano. Surpreendentemente, esses dinossauros corriam mais rápido que um cachorro comum dos dias de hoje para preservar a própria vida.

*Prêmio DEFENSOR MORTAL*

*Os chifres grossos e os ossos pesados do crânio permitiam ao Paquirrinossauro dar cabeçadas nos rivais sem transformar o cérebro em pudim!*

## O PRÊMIO DEFENSOR MORTAL VAI PARA O PAQUIRRINOSSAURO

O Paquirrinossauro tinha quase o mesmo tamanho de um crocodilo-marinho grande – o maior de todos os répteis atuais.

Ele era herbívoro e arrancava folhas e raízes com seu bico pontiagudo e sem dentes, semelhante ao de um papagaio.

Esse dino tinha pré-molares afiados, que eram usados para mastigar o alimento.

*Durante duelos com machos rivais da mesma espécie, os Paquirrinossauros davam cabeçadas uns nos outros e batiam seu forte crânio na lateral do adversário, quebrando as costelas do rival nessa disputa.*

*O vencedor desse campeonato de cabeça contra cabeça ganhava a posição dominante no grupo e o direito de acasalar com as fêmeas.*

*O Paquirrinossauro era parente do Tricerátops. Mas este tinha só os calombos ósseos no nariz, em vez de um chifre nasal.*

# SAUROPOSEIDON

**Como pronunciar o nome:** Sau-ro-po-SEI-don
**Significado:** lagarto de Poseidon
**Quando viveu:** 110 milhões de anos, Período Cretáceo
**Encontrado na:** América do Norte
**Dieta:** folhas de coníferas e árvores floridas como magnólias, palmeiras e plátanos
**Comprimento:** 30-34 metros
**Altura:** 18-20 metros
**Peso:** 60-80 toneladas

O Sauroposeidon recebeu esse nome em homenagem a Poseidon, o deus grego dos mares, oceanos e terremotos. Esse dino fez o chão tremer com seus passos estrondosos.

O Sauroposeidon era um dinossauro vegetariano, que crescia rápido e consumia energia mais rápido ainda. Ou seja, ele precisava se alimentar de muita planta para abastecer seu corpo gigante. O longo pescoço o ajudava a pegar folhas do topo das árvores, o que era impossível para dinossauros herbívoros menores. A fim de economizar energia, ele permanecia parado e usava o pescoço para mover a própria cabeça rapidamente de uma árvore a outra, mastigando sem parar.

Esse dinossauro provavelmente podia erguer o pescoço a uma altura de até 16 metros ou mais, sustentado por fortes músculos e sacos aéreos, que mantinham o sangue fluindo e o ar percorrendo o interior do pescoço esticado.

A altura elevada o ajudava a enxergar uma ameaça de muito longe e o protegia da maioria dos terríveis predadores. Afinal, quem gostaria de ser esmagado ao procurar o jantar?

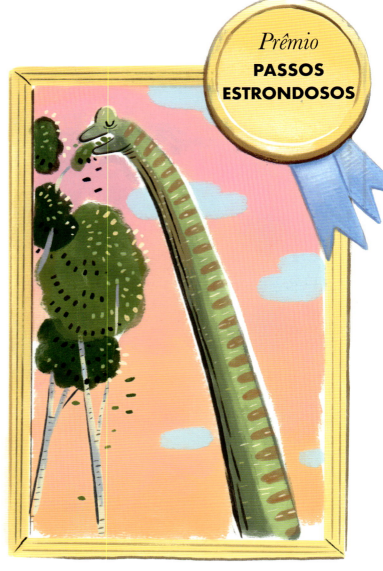

*Prêmio PASSOS ESTRONDOSOS*

*Um dos últimos dinossauros de pescoço longo na América do Norte era alto o suficiente para dar uma espiada através de uma janela do sexto andar de um prédio.*

## O PRÊMIO PASSOS ESTRONDOSOS VAI PARA O SAUROPOSEIDON

O pescoço do Sauroposeidon tinha cerca de 12 metros de comprimento, sendo duas vezes mais comprido que o de uma girafa.

Ele provavelmente tinha cerca de 13 vértebras no interior de seu pescoço alongado (uma girafa tem somente sete vértebras no pescoço).

Cada vértebra do pescoço dele tem mais de 90 centímetros de comprimento e se parece mais com um tronco de árvore do que com um osso.

*A cabeça pequena não era pesada e abrigava um cérebro minúsculo!*

*As quatro patas em formato de um tronco de árvore e o corpo gorducho do Sauroposeidon forneciam uma plataforma forte e estável para suportar seu pescoço extremamente longo.*

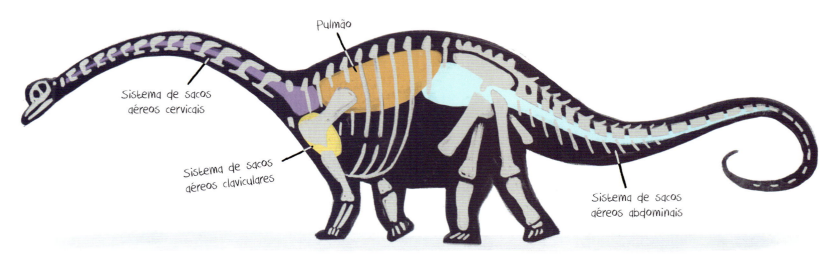

*O Sauroposeidon era capaz de respirar uma grande quantidade de ar, porque seus pulmões eram muito eficientes. Ele também tinha diversos sacos aéreos para absorver muito oxigênio, como as aves atuais. O pescoço desse dino não era tão pesado quanto você pode imaginar, porque as vértebras eram preenchidas de ar.*

# PAQUICEFALOSSAURO

**Como pronunciar o nome:** Pa-qui-ce-fa-los-SAU-ro
**Significado:** lagarto de cabeça espessa
**Quando viveu:** 76-65 milhões de anos, Período Cretáceo
**Encontrado na:** América do Norte
**Dieta:** folhas, castanhas, frutos e insetos
**Comprimento:** 4,8-8 metros
**Altura:** 2 metros
**Peso:** 0,5 tonelada

Esse dinossauro usava um capacete ou era só uma celebridade da moda se exibindo com um chapéu estiloso? Essa não é uma pergunta fácil de responder!

O Paquicefalosscuro é o maior dinossauro com ossos na cabeça descoberto até o momento e tinha uma redoma óssea com cerca de 25 centímetros de espessura no topo do crânio. Isso é, pelo menos, vinte vezes mais grosso que os crânios de outros dinossauros. Alguns fósseis evidenciam fraturas, que sugerem que rivais da mesma espécie batiam as cabeças umas contra as outras em combates. Esse "capacete de segurança" feito de ossos resistentes protegia o cérebro dele. Já outros dinos davam cabeçadas na lateral do corpo do inimigo em vez de bater a cabeça de frente. Nos dias atuais, as girafas machos lutam dessa maneira. Como a redoma da cabeça do Paquicefalossauro era decorada com espinhos e caroços, outra teoria era a de que ele a usava para atrair potenciais parceiros.

Esse dino provavelmente viveu em bandos e tinha uma visão e um olfato aguçados para se manter afastado de predadores. Ele tinha pernas traseiras fortes e uma cauda rígida para se equilibrar, mas não era rápido na corrida.

*O Paquicefalossauro viveu no mesmo período que o T. Rex e o Triceratóps na América do Norte, pouco antes de os dinossauros serem extintos.*

# ESTEGOSSAURO

**Como pronunciar o nome:** Es-te-gos-SAU-ro
**Significado:** lagarto telhado
**Quando viveu:** 155-145 milhões de anos, Período Jurássico
**Encontrado na:** América do Norte e Europa
**Dieta:** samambaias, cicas, cavalinhas e coníferas
**Comprimento:** 5,7-8,8 metros
**Altura:** 4 metros
**Peso:** 3-4 toneladas

O Estegossauro é um dos dinossauros mais famosos de todos os tempos por causa de duas fileiras de placas ósseas que lembram telhas. Elas ficavam erguidas como muralhas de um castelo ao longo do pescoço, das costas e da cauda.

As maiores placcs tinham cerca de 60 centímetros de largura e 60 centímetros de altura — isso é mais do que o dobro do tamanho deste livro que você está lendo! Elas ficavam grudadas na pele grossa do Estegossauro, sem contato com o esqueleto. Embora elas parecessem muito resistentes e espinhosas, essas placas eram bastante finas e frágeis. Elas também tinham vasos sanguíneos que podiam fazer com que as placas mudassem de cor. Alguns cientistas acham que essas estruturas eram usadas para chamar a atenção de parceiros ou intimidar os rivais. Outros acreditam que elas atuavam como radiadores de um carro para aumentar ou reduzir a temperatura corporal do Estegossauro.

Outra característica famosa desse dino eram os espinhos de 90 centímetros feitos de ossos na ponta da cauda. Ao chicotear essa arma mortal de um lado para o outro, o Estegossauro causava ferimentos terríveis nos predadores.

**Prêmio CASTELO AMBULANTE**

*O cérebro do Estegossauro era quase do mesmo tamanho do cérebro de um cachorro de porte médio, apesar de ele ser aproximadamente cem vezes maior que um cão.*

## O PRÊMIO CASTELO AMBULANTE VAI PARA O ESTEGOSSAURO

Uma pessoa poderia facilmente ultrapassar um Estegossauro! Eles caminhavam a uma velocidade de 6 quilômetros por hora, que é similar à velocidade de caminhada dos elefantes.

O peso desse dinossauro era suportado por suas fortes patas traseiras, que tinham o dobro da altura de suas rechonchudas patas dianteiras.

Os cientistas acreditavam que as placas do Estegossauro cobriam horizontalmente suas costas, formando uma cobertura para o corpo dele. Por isso, ele recebeu o nome de "lagarto telhado".

52

*O Estegossauro tinha escamas ósseas para proteger o pescoço, as laterais e as patas. Ele foi um parente dos dinossauros que tinham armadura (dinossauros com a pele coberta de placas ósseas), como o Anquilossauro.*

*As bolsas nas bochechas do Estegossauro armazenavam plantas enquanto os dentes moíam sua nova refeição. Os dentes eram apenas do tamanho da unha de seu mindinho!*

*O Estegossauro também ingeria pedras para moer as plantas no interior de seu grande estômago, ou seja, ele era um liquidificador pré-histórico.*

*Esse dino provavelmente vivia sozinho ou em pequenos grupos. Ele compartilhava as florestas jurássicas e várzeas de rios com outros famosos dinossauros, como o Diplódoco.*

## Prêmio MÚSICA MARAVILHOSA

Deixe os trompetes soarem e os tambores rufarem... É hora de celebrar quatro dinossauros musicalmente talentosos. Esses dinos não arrasaram no caraoquê, mas eles podiam grasnar, berrar e retumbar, e, por isso, eles merecem os holofotes!

### PARASSAUROLOFO *(Pa-ras-sau-ro-LO-fo)*
*Prêmio Trompete Mais Barulhento*

**Comprimento:** 11 metros **Peso:** 2-3 toneladas
**Quando viveu:** 76-74 milhões de anos, Período Cretáceo
**Encontrado na:** América do Norte

A enorme crista óssea do Parassaurolofo tinha tubos no interior, através dos quais o ar das narinas passava. A longa crista atuava igual a um trompete e emitia chamados poderosos, graves e estrondosos, parecidos com o som de um elefante trombeteando alto ao puxar o ar pela tromba.

### EDMONTOSSAURO *(Edi-mon-tos-SAU-ro)*
*Prêmio Foca Cantora*

**Comprimento:** 9-13 metros **Peso:** 3-5 toneladas
**Quando viveu:** 76-65 milhões de anos, Período Cretáceo
**Encontrado na:** América do Norte

Um dos últimos dinossauros a existir em nosso planeta, o Edmontossauro tinha narinas grandes cobertas por uma pele flácida. É provável que essa pele inflava, como um balão, quando ele inspirava o ar, e emitia sons altos, para avisar ao bando de alguma ameaça, assustar um rival ou atrair um parceiro. Atualmente o nariz protuberante de um elefante-marinho macho emite sons de modo semelhante.

**LAMBEOSSAURO** *(Lam-be-os-SAU-ro)*
*Prêmio Cabeça de Buzina*

---

**Comprimento:** 15 metros   **Peso:** 4-5 toneladas
**Quando viveu:** 76-74 milhões de anos, Período Cretáceo
**Encontrado na:** América do Norte

A estranha crista do Lambeossauro parecia um machado fincado na cabeça dele! As cavidades presentes na parte interna da crista eram ocas e contribuíam para ele emitir os grasnados mais altos por longas distâncias. A crista era formada por um pequeno caroço que se tornava maior à medida que esse dino crescia. As diferentes formas e padrões dessa crista provavelmente ajudavam os Lambeossauros a reconhecer uns aos outros e encontrar parceiros.

**CORITOSSAURO** *(Co-ri-tos-SAU-ro)*
*Prêmio Coro Grego*

---

**Comprimento:** 10 metros   **Peso:** 4-5 toneladas
**Quando viveu:** 76-74 milhões de anos, Período Cretáceo
**Encontrado na:** América do Norte

Coritossauro significa "lagarto com elmo", e esse dinossauro recebeu tal nome por causa da crista arredondada e semicircular, que lembra um elmo, capacete usado pelos antigos soldados gregos. Os cientistas construíram em laboratório um modelo 3D da crista oca desse dino e descobriram que ele reproduzia sons estrondosos quando o ar passava por meio dela. O Coritossauro provavelmente usava a crista para emitir sons bem altos aos amigos. Além disso, ele tinha delicados ossos na orelha, próximos a uma área do cérebro responsável pela audição. Ou seja, isso indica que esse dinossauro tinha uma audição apurada.

# TROODONTE

**Como pronunciar o nome:** Tro-o-DON-te
**Significado:** dente que fere
**Quando viveu:** 76-65 milhões de anos, Período Cretáceo
**Encontrado na:** América do Norte
**Dieta:** pequenos mamíferos, pássaros e répteis
**Comprimento:** 1,8-3 metros
**Altura:** 90 centímetros
**Peso:** 40-50 quilos

Com olhos maiores que os da maioria dos dinossauros, o Troodonte não precisava usar óculos para enxergar bem. Seus olhos grandes ajudavam a caçar insetos e répteis à noite, ou em ambientes escuros e frios.

Os olhos do Troodonte tinham cerca de 5 centímetros de diâmetro. Eles apontavam para a frente, como os olhos do ser humano, ajudando esse dinossauro a estimar a distância de algum ser vivo que estava distante e, assim, atacar suas presas com exatidão. Além de ter olhos gigantes, o Troodonte tinha o maior cérebro entre os dinossauros. Ele era provavelmente mais inteligente que a média dos dinos, talvez tão inteligente quanto uma galinha de hoje.

O Troodonte era considerado um caçador rápido e ágil, pois corria atrás de suas presas sobre suas longas e poderosas pernas traseiras. Ele tinha uma garra grande e curvada no dedão de cada pé, que era usada para atacar presas ou se defender de predadores. A garra provavelmente ficava levantada do chão, enquanto o Troodonte andava ou corria, para permanecer superafiada. Essa garra matadora era parecida com a do Velociraptor e a do Deinonico, o que sugere que o Troodonte era parente desses poderosos dinossauros.

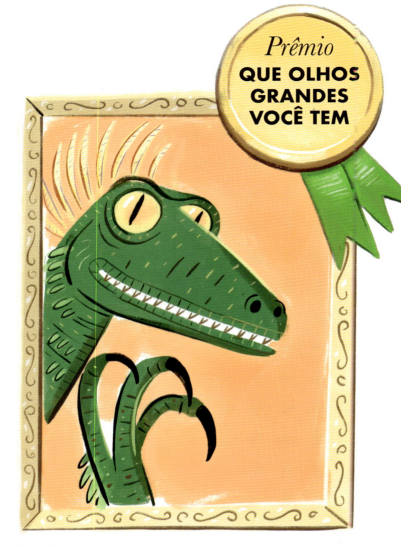

Prêmio
**QUE OLHOS GRANDES VOCÊ TEM**

*Um dinossauro pequeno, inteligente e de movimentos rápidos, o Troodonte era uma versão grande das aves atuais. Diferentemente das aves, ele tinha braços longos e finos, e mãos com três dedos com garras para pegar o alimento e outros seres vivos.*

Quer olhar mais de perto?
Não preciso...
Eu trouxe este aqui!

# SCIURUMIMO

**Como pronunciar o nome:** Es-quiu-ru-MI-mo
**Significado:** imitador de esquilo
**Quando viveu:** 156-151 milhões de anos, Período Jurássico
**Encontrado na:** Europa (Alemanha)
**Dieta:** insetos, pequenos animais e outros dinossauros
**Comprimento:** 3 metros
**Altura:** 1,5 metro
**Peso:** 75 quilos

Apesar de o Sciurumimo ter uma cauda longa e felpuda igual à do esquilo, ele não andava por aí roubando comida dos pássaros nem enterrando castanhas! Esse dino era um carnívoro muito ameaçador e coberto de penas.

O único fóssil de Sciurumimo que os cientistas encontraram até o momento é o de um dinossauro jovem ou filhote, que não estava totalmente desenvolvido. Ele tinha somente cerca de 60 centímetros de comprimento, mas eles acreditam que essa espécie adulta crescia até 3 metros de altura, com base no tamanho de alguns parentes, como o Deinonico. Os dinos adultos caçavam outros dinossauros, enquanto os filhotes eram ágeis predadores de insetos e pequenos animais. O Sciurumimo corria bem rápido sobre duas pernas para capturar sua presa e tinha dentes finos e pontudos a fim de abocanhar as refeições pretendidas.

O Sciurumimo jovem tinha dentes de filhote e olhos grandes. Apesar da aparência fofinha, eles eram predadores vorazes e causavam cortes bem desagradáveis em suas vítimas.

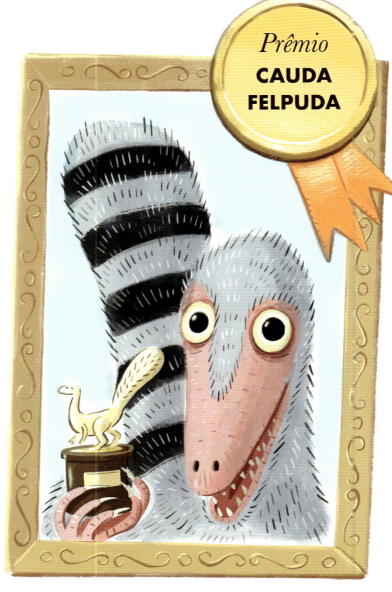

*O Sciurumimo era um dinossauro predador com um casaco de penas semelhante ao cabelo do ser humano.*

## O PRÊMIO CAUDA FELPUDA VAI PARA O SCIURUMIMO

O único fóssil conhecido do Sciurumimo foi encontrado na Alemanha. Ele estava bem preservado em uma pedra calcária de 150 milhões de anos.

Quando o fóssil foi exposto à luz ultravioleta, os cientistas conseguiram observar traços de penas, músculos e até pedaços da pele amarela desse dino.

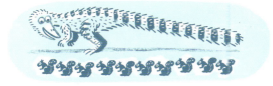

A cauda do Sciurumimo era felpuda como a de um esquilo, mas as semelhanças acabam aí. Esse dino adulto teria sido tão comprido quanto a medida do tamanho de dez esquilos enfileirados!

*As penas do Sciurumimo podem ter sido macias como as de um pintinho, ou bagunçadas como as de um quiuí e um casuar atuais.*

*As penas mantinham esse dino aquecido e não eram usadas para voar. O fato de ele ter tido penas sugere que outros dinossauros predadores também possuíam essa plumagem.*

*As penas simples e felpudas do Sciurumimo eram similares às dos répteis voadores chamados Pterossauros, que eram parentes próximos dos dinossauros.*

# GALIMIMO

**Como pronunciar o nome:** Ga-li-MI-mo
**Significado:** imitador de galinha
**Quando viveu:** 74-70 milhões de anos, Período Cretáceo
**Encontrado na:** Ásia (Mongólia)
**Dieta:** insetos, planta, frutos, sementes e ovos
**Comprimento:** 5,7-8 metros
**Altura:** 3,3 metros
**Peso:** 200-450 quilos

O Galimimo era parecido com um avestruz grande de longa cauda e corria a uma velocidade de até 80 quilômetros por hora – isso é mais rápido que os cavalos de corrida atuais!

O Galimimo tinha fortes pernas traseiras e, por isso, corria muito rápido. A longa cauda equilibrava o peso do corpo. Já os ossos ocos ajudavam a reduzir o peso, e isso possibilitava a ele fugir de predadores. Ele também corria por aí em grupos para se sentir seguro. Esse dino tinha olhos grandes que lhe proporcionavam uma boa visão. Além disso, esse órgão era disposto nas laterais de sua cabeça pontuda, então ele conseguia observar o perigo nos arredores.

Os cientistas não têm certeza do que o Galimimo comia, mas ele possuía uma dieta variada, pois ingeria insetos, plantas e ovos com seu bico sem dentes. Já as mãos eram como pás e serviam para cavar o solo atrás de comida, como ovos de dinossauros. As longas garras nas mãos eram usadas para pegar e segurar o alimento e, possivelmente, puxar galhos ou capturar pequenas presas, como minhocas e lagartos.

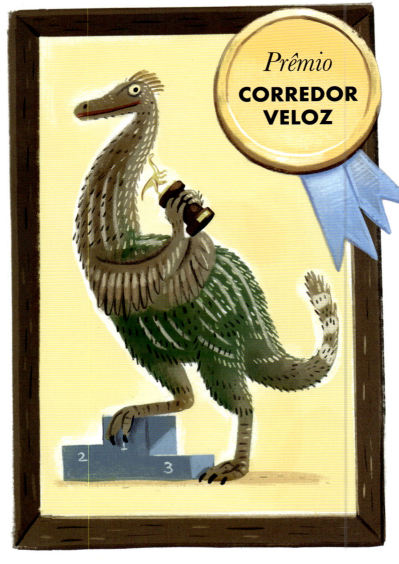

*Prêmio* **CORREDOR VELOZ**

*Embora seu nome signifique "imitador de galinha", o Galimimo era muito maior que essa ave. Na verdade, ele pesava pelo menos oitenta vezes mais que uma galinha!*

## O PRÊMIO CORREDOR VELOZ VAI PARA O GALIMIMO

O Galimimo tinha pernas, pescoço e bico longos. Ele provavelmente também tinha penas cobrindo o corpo.

Ele pesava tanto quanto um piano de cauda e tinha o dobro da medida da altura de um homem adulto.

Esse dinossauro tinha um cérebro pequeno, aproximadamente o tamanho de uma bola de golfe.

*O bico do Galimimo tinha serras semelhantes a um pente que eram usadas para filtrar o alimento da água, como os patos fazem atualmente. Outra ideia é a de que essas serras tinham a mesma função que a dos bicos da tartaruga, para agarrar e puxar as folhas das plantas.*

*Alguns ossos do bico e da mandíbula do Galimimo eram finos como folhas de papel. Esses ossos tinham apenas alguns milímetros de espessura.*

*O Galimimo não enxergava em 3D, porque os olhos ficavam voltados para as laterais, não para a frente. Essa posição do órgão é parecida com a dos olhos de animais herbívoros atuais. Os animais com características de caçadores geralmente têm olhos dispostos para a frente.*

# TERIZINOSSAURO

**Como pronunciar o nome:** Te-ri-zi-nos-SAU-ro
**Significado:** lagarto com foice
**Quando viveu:** 85-70 milhões de anos, Período Cretáceo
**Encontrado na:** Ásia (Mongólia)
**Dieta:** provavelmente plantas e talvez insetos
**Comprimento:** 10 metros
**Altura:** 2,7-5 metros
**Peso:** 3-5 toneladas

Esse dinossauro tinha uma visão e tanto. Ele era cerca de três vezes mais alto que um humano adulto, barrigudo, e tinha garras gigantes, no formato de espadas.

Os cientistas acreditam que as enormes garras do Terizinossauro eram usadas para puxar galhos frondosos para dentro do seu bico e se defender contra predadores. É ainda possível que essas garras tenham sido utilizadas para abrir cupinzeiros e se alimentar, como as gigantes garras dos tamanduás atuais.

Os quadris largos desse dinossauro sustentavam sua barriga, que o ajudava a digerir uma grande quantidade de plantas. No entanto, essa barrigona fazia o Terizinossauro andar devagar e ser bem desajeitado.

Os cientistas ainda não encontraram um esqueleto completo desse dinossauro diferentão. Algumas características das partes do corpo dele, como os dentes, permanecem um mistério.

*Prêmio MÃOS DE TESOURA*

*As garras do Terizinossauro tinham cerca de 90 centímetros de comprimento! Elas não são apenas as garras mais longas já encontradas entre os dinossauros, como também as garras mais longas entre qualquer animal em nosso planeta.*

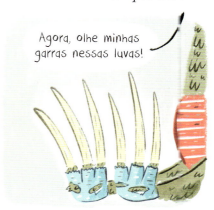

*Quando os primeiros ossos e garras fossilizados do Terizinossauro foram encontrados, os cientistas acharam que eles pertenciam a uma tartaruga-marinha gigante com garras enormes. Não imaginavam que se tratava de um dino.*

*Os cientistas não têm certeza se ele viveu em bandos ou sozinho. Mas nós sabemos que esses dinossauros construíam seus ninhos juntos, porque várias ninhadas fossilizadas dele foram descobertas próximas umas das outras.*

*O Terizinossauro provavelmente era coberto de penas.*

*Esse dino era muito pesado para voar, por isso suas penas tinham a função de aumentar a temperatura corporal, ou talvez para se exibir para parceiros.*

# OURANOSSAURO

**Como pronunciar o nome:** Ou-ra-nos-SAU-ro
**Significado:** lagarto valente
**Quando viveu:** 115-100 milhões de anos, Período Cretáceo
**Encontrado no:** Norte da África
**Dieta:** samambaias e plantas aquáticas
**Comprimento:** 6,7-8 metros
**Altura:** 3 metros
**Peso:** 4 toneladas

Além de uma grande vela ao longo de suas costas e cauda, o Ouranossauro tinha outras características notáveis: um polegar com espinhos, um bico como o dos patos e uma cabeça alongada e achatada, que tinha dois caroços ósseos na frente dos olhos.

A vela do Ouranossauro era sustentada por uma fileira de hastes ósseas, que despontavam verticalmente da coluna vertebral e da cauda. Essa estrutura crescia por volta dos três anos de idade dele. O objetivo era intimidar rivais, assustar inimigos ou atrair parceiros. Alguns cientistas acreditam que essa vela ajudava a regular a temperatura corporal ou estocar gordura, como a corcova dos camelos.

As regiões no norte da África em que o Ouranossauro viveu são desérticas nos dias de hoje, mas há 100 milhões de anos existia uma floresta tropical exuberante com pântanos e rios. Por causa desse hábitat, provavelmente, ele tinha um bico largo e sem dentes para puxar muitas plantas aquáticas. Os dentes molares no fundo da boca amassavam essas plantas antes de ele as engolir. Os cientistas não têm certeza sobre a função dos espinhos dos polegares: se eram usados para pegar plantas, se defender ou apenas ser um cara descolado!

*A pele da vela desse dino, provavelmente, tinha cores vivas ou mudava de cor, do mesmo modo que o camaleão altera a cor da pele. Maneiro!*

## O PRÊMIO SUPERVELA VAI PARA O OURANOSSAURO

O Ouranossauro recebeu esse nome em homenagem ao lagarto-monitor atual, que vive na mesma região da África em que esse dinossauro habitou.

Esse dinossauro era tão pesado quanto um elefante asiático.

A vela era parecida com a do Espinossauro, que também viveu na África alguns anos depois do Ouranossauro.

*As narinas no alto da face do Ouranossauro eram menos suscetíveis a serem bloqueadas pela lama ou pela sujeira enquanto ele se alimentava de plantas rasteiras.*

*Esse dinossauro era corpulento e lento, e podia andar ou descansar sobre duas ou quatro patas. As patas dianteiras, que pesavam somente a metade das patas traseiras, tinham três dedos médios que suportavam seu peso quando ele descansava sobre as quatro patas.*

*O Ouranossauro provavelmente corria sobre as duas patas traseiras para escapar de predadores, como o crocodilo gigante Sarcossuco. Ufa!*

*Os caroços da face dele ajudavam na atração de parceiros ou no reconhecimento dos amigos e parentes quando estavam por perto.*

## Prêmio AMIGOS EMPLUMADOS

Infelizmente, eles não podem estar conosco hoje (porque foram extintos há muito tempo!), mas, por favor, deem uma salva de palmas e batam os pés para os quatro dinossauros mais bem-vestidos de todos. Estes vencedores pré-históricos com certeza sabiam atrair os olhares com suas plumas fabulosas.

### ANQUIÓRNIS (An-qui-ÓR-nis)
*Prêmio Crista Estilosa*

**Comprimento:** 30 centímetros  **Peso:** 1 quilo
**Quando viveu:** 160-155 milhões de anos, Período Jurássico
**Encontrado na:** Ásia (China)

Esse dinossauro do tamanho de uma galinha tinha uma crista estilosa feita de penas alaranjadas no topo da cabeça. Ele também tinha penas cinzas e macias no corpo e penas pretas e brancas nos braços, na cauda, nas pernas e até nos pés! Essa crista chamativa o ajudava a se exibir para parceiros, enquanto as penas brancas e pretas eram usadas para confundir predadores, de modo semelhante às listras da zebra. O Anquiórnis usava suas penas para planar, ou seja, voava sem movimentar as asas.

### MICRORAPTOR (Mi-cro-RAP-tor)
*Prêmio Voo em Quatro Asas*

**Comprimento:** 60-90 centímetros  **Peso:** cerca de 1 quilo
**Quando viveu:** 125-120 milhões de anos, Período Cretáceo
**Encontrado na:** Ásia (China)

O Microraptor tinha penas longas, preto-azuladas e cintilantes nos braços e nas pernas, que formavam quatro asas. Ele provavelmente planava e decolava dos galhos das árvores ou do chão ao dar pequenos impulsos para voar. Esse comportamento o ajudava a caçar pequenos lagartos, peixes, mamíferos e escapar de predadores. Esse dinossauro compartilhava os céus com os ancestrais dos pássaros e répteis voadores chamados Pterossauros.

**WULONG** *(U-long)*
**SINOSSAUROPTÉRIX** *(Si-nos-sau-rop-TÉ-riqs)*

*Prêmio Tamanho de um Pet*

---

**Comprimento:** 1,5 metro e 90 centímetros  **Peso:** 900 gramas e 2,5 quilos
**Quando viveu:** 122-120 milhões de anos, Período Cretáceo
**Encontrado na:** Ásia (China)

Você gostaria de ter um dinossauro de estimação em vez de um cachorro ou gato? Bem, esses dois dinossauros vencedores tinham mais ou menos o mesmo tamanho que o desses animais (mas ignore as penas extralongas deles)! Eles contavam com penas felpudas, o que os ajudava a se manter aquecidos. A cauda óssea extremamente longa do Wulong, com duas penas compridas na ponta, era usada para planar, como no caso do primo Microraptor. O Sinossauroptérix possuía penas delicadas e acastanhadas na parte superior e penas de cor mais clara na parte inferior do corpo.

**AVIMIMO** *(A-vi-MI-mo)*

*Prêmio Parecido com um Avestruz*

**Comprimento:** 1,5 metro  **Peso:** 20 quilos
**Quando viveu:** 80-70 milhões de anos, Período Cretáceo
**Encontrado na:** Ásia (China e Mongólia)

O Avimimo era um dinossauro esperto, semelhante a uma ave, e se parecia um pouco com o avestruz atual. Ele também corria rapidamente por longas distâncias sobre suas pernas fortes, próxima à mesma velocidade de um avestruz. As penas desse dino eram usadas para manter a temperatura corporal, camuflar ou atrair parceiros. A boca não tinha dentes e o formato dela era semelhante ao do bico dos pássaros. Ao contrário das aves, o Avimimo tinha uma cauda óssea para se equilibrar quando estava se movimentando bem rápido.

# DIPLÓDOCO

**Como pronunciar o nome:** Di-PLÓ-do-co
**Significado:** viga dupla
**Quando viveu:** 155-145 milhões de anos, Período Jurássico
**Encontrado na:** América do Norte
**Dieta:** samambaias, cicas, coníferas e folhas de *ginkgo* (nogueira-do-japão)
**Comprimento:** 27-33 metros
**Altura:** 5-14 metros
**Peso:** 12-16 toneladas

O Diplódoco, Dipló, era mais comprido que uma quadra de tênis, mas a maior parte de seu extraordinário comprimento era ocupada por seu pescoço comprido e sua cauda ainda mais looooonga.

O Dipló faz parte do grupo de dinossauros gigantes, pescoçudos e herbívoros chamados saurópodes. Ele precisava de uma quantidade imensa de plantas a fim de manter seu grande corpo funcionando e tinha um intestino gigante para digerir tudo isso. O Diplódoco possuía dentes pequenos e delicados, que lembram um cone. Eles estavam localizados na parte da frente da boca e serviam para extrair folhas de talos robustos – um pouco parecidos com os pentes. Cada dente durava somente cerca de 35 dias antes de um novo despontar para substituí-lo. Esse dino não tinha dentes molares na parte interna da boca, por isso engolia as folhas inteiras.

Assim como outros saurópodes, o Diplódoco arrastava o pescoço para a frente e para trás ao arrancar plantas rasteiras a fim de se alimentar. O pescoço tinha 15 ossos alongados, enquanto a cauda – que era mais comprida que um ônibus – contava com aproximadamente 80 ossos. A cauda dele ficava acima do chão para equilibrar o peso do pescoço.

*Prêmio CAUDA MAIS LONGA*

*Os cientistas acreditam que o Dipló chicoteava a cauda em velocidades supersônicas (mais rápidas que a velocidade do som), produzindo sons parecidos com uma explosão para sinalizar aos amigos ou afugentar os inimigos.*

# OVIRAPTOR

**Como pronunciar o nome:** O-vi-RAP-tor
**Significado:** ladrão de ovos
**Quando viveu:** 85-75 milhões de anos, Período Cretáceo
**Encontrado na:** Ásia (Mongólia)
**Dieta:** frutos, ovos, mariscos e lagartos
**Comprimento:** 2 metros
**Altura:** 90 centímetros
**Peso:** 20-35 quilos

O Oviraptor não tinha dentes, mas isso nunca foi um obstáculo. Esse dinossauro quebrava os alimentos mais duros com dois espinhos ósseos localizados no céu da boca. Na verdade, esses "dentes" eram uma ferramenta útil para abrir ovos, frutos duros ou mariscos.

Esse dino viveu logo antes da extinção dos dinossauros e era um pouco espertalhão. Ele tinha um bico curvado e afiado, como o de um papagaio, e era coberto de penas felpudas, assim como outros pequenos dinossauros carnívoros dessa época. A cauda dele era muito forte e flexível, e os machos podiam sacudir suas penas coloridas da cauda para atrair as fêmeas.

O Oviraptor pode ter vivido em bandos para se sentir seguro. Ele corria tão rápido como um avestruz sobre suas longas pernas para escapar do perigo. Os três dedos do pé tinham longas garras que eram usadas para ele se fixar no chão e capturar suas vítimas. Já as mãos tinham três longos dedos com garras finas, que eram boas para agarrar alimentos. O Oviraptor também estalava o poderoso bico a fim de intimidar os inimigos.

*Prêmio* **TOTALMENTE ESMAGADOR**

*Se um dinossauro dentista pedisse ao Oviraptor para abrir bem a boca, ele não veria nenhum dente! Teria apenas dois ossinhos afiados no céu da boca.*

## O PRÊMIO TOTALMENTE ESMAGADOR VAI PARA O OVIRAPTOR

O Oviraptor foi chamado "ladrão de ovos", porque os primeiros fósseis dele foram encontrados próximos de ninhos com ovos quebrados. Os cientistas pensaram que ele estava roubando e comendo ovos de outra espécie. No entanto, isso era falso!

Esses estudiosos mais tarde encontraram ovos fossilizados que tinham embriões de Oviraptor em desenvolvimento.

Logo depois, foram encontrados alguns fósseis desse dino chocando seus ovos. Eles tinham as patas da frente envolvidas ao redor dos ovos para protegê-los. No fim das contas, o Oviraptor não era um ladrão!

*A grande cabeça do Oviraptor era decorada com uma crista que lembra um elmo. A crista era colorida e servia para a atração de um parceiro ou o reconhecimento de outros indivíduos da mesma espécie.*

*A fêmea botava cerca de vinte ovos de uma vez, e provavelmente os pais chocavam os ovos e cuidavam dos filhotes no ninho.*

*Com um corpo leve e pernas longas, o Oviraptor corria muito rápido por longas distâncias quando estava caçando as presas. Ele era mais veloz que a maioria dos outros dinossauros e mudava de direção dando uma ligeira volta no próprio corpo.*

*Ele tinha grandes olhos parecidos com os das corujas e um pescoço longo e flexível, características físicas que davam ao Oviraptor a habilidade de enxergar predadores e presas a longas distâncias.*

# DROMEOSSAURO

**Como pronunciar o nome:** Dro-me-os-SAU-ro
**Significado:** lagarto corredor
**Quando viveu:** 76-74 milhões de anos, Período Cretáceo
**Encontrado na:** América do Norte
**Dieta:** pequenos dinossauros, lagartos e tartarugas
**Comprimento:** 2 metros
**Altura:** 50 centímetros
**Peso:** 15 quilos

O Dromeossauro era um dinossauro inteligente e parecido com uma ave. Ele tinha garras curvadas e mortais nos pés, uma mandíbula poderosa, dentes fortes e mordida esmagadora de ossos que o tornava um predador feroz.

Esse dino tinha o tamanho de um lobo e caçava em bandos. Esse comportamento o ajudava a matar animais maiores que ele mesmo. O Dromessauro era considerado um dos dinossauros mais rápidos; tinha pernas traseiras longas e contava com a própria velocidade para capturar as presas. Ele provavelmente usava as garras enormes dos dedos dos pés para pegar uma presa azarada e dar uma mordida fatal com sua poderosa mandíbula. Já os dedos eram longos e úteis para pegar e segurar vítimas enquanto se debatiam. Os dentes grandes eram robustos para esmagar e rasgar o alimento, em vez de cortá-lo.

O Dromeossauro tinha uma cauda muito firme coberta de hastes ósseas, que permanecia reta e na posição vertical para equilibrar o peso do corpo. Além disso, ela era flexível e ficava próxima do tronco.

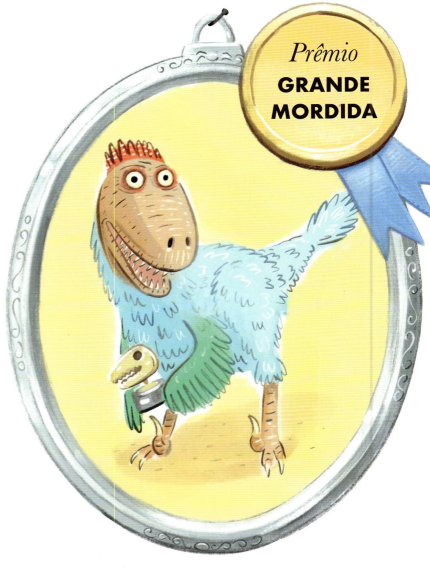

*Prêmio GRANDE MORDIDA*

*Com um crânio grande e uma mandíbula firme, o Dromeossauro tinha uma mordida três vezes mais poderosa que a de um Velociraptor.*

## O PRÊMIO GRANDE MORDIDA VAI PARA O DROMEOSSAURO

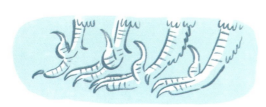

O Dromeossauro era parecido com outros dinossauros que tinham garras grandes e curvadas nos pés e dentes semelhantes a um punhal, até mesmo o Velociraptor.

Ele foi chamado "lagarto corredor" porque era veloz. Ele podia correr tão rápido quanto um coiote atual.

Esse dino tinha um cérebro tão grande para seu tamanho que alguns cientistas por algum tempo acharam que ele tinha o corpo maior.

*O Dromeossauro mantinha as garras de seus dedões levantadas do chão quando estava caminhando ou correndo. Dessa maneira, elas permaneciam afiadíssimas.*

*Com olhos grandes e excelente visão, o Dromeossauro conseguia caçar presas e ficar atento aos predadores. Esse caçador apavorante provavelmente também tinha um bom olfato e uma boa audição.*

*Uma boca cheia de dentes afiados e apontados para trás ajudava o Dromeossauro a arrancar a carne dos ossos de sua presa.*

*Os parentes desse dino tinham penas, por isso é provável que ele também fosse um dinossauro emplumado, apesar de nenhuma evidência de penas ter sido encontrada até o momento.*

# CRIOLOFOSSAURO

**Como pronunciar o nome:** Cri-o-lo-fos-SAU-ro
**Significado:** lagarto de crista congelada
**Quando viveu:** 190-170 milhões de anos, Período Jurássico
**Encontrado na:** Antártida
**Dieta:** outros dinossauros, répteis e mamíferos
**Comprimento:** 5,7-7 metros
**Altura:** 1,5 centímetro
**Peso:** 500 quilos

O Criolofossauro recebeu o apelido de "Elvissauro" por causa da crista diferente em sua cabeça, que se parecia um pouco com o topete que a lenda do rock, Elvis Presley, usava nos anos 1950.

A crista óssea na cabeça era feita de extensões dos ossos do crânio e ficava voltada para a frente, atravessando a cabeça de orelha a orelha. Ela tinha uma superfície enrugada, que lembra um leque ou pente. Essa crista era muito frágil para ser usada em combates; então, provavelmente, ela ajudava a atrair parceiros e tinha cores vivas.

O Criolofossauro foi um dos maiores predadores do mundo jurássico que viveu na Antártida. Nesse período, o clima do planeta era mais quente e mais úmido. O continente antártico tinha se afastado 999,4 quilômetros mais para o norte do planeta, portanto estava muito mais próximo da área aquecida da Terra, perto da linha do equador. Isso significa que esse dinossauro não caçava em paisagens congelantes, mas sim em florestas úmidas. Por esse motivo, as árvores forneciam um disfarce perfeito para o Criolofossauro se esconder e perseguir presas desavisadas.

*O Criolofossauro foi o primeiro dinossauro carnívoro a ser descoberto no continente antártico. Ele era um poderoso caçador e tinha uma mandíbula grande e cheia de dentes afiados no formato de facas.*

## O PRÊMIO REI DO ROCK 'N' ROLL VAI PARA O CRIOLOFOSSAURO

O Criolofossauro foi o maior dinossauro carnívoro de sua época.

Somente um fóssil desse dino foi encontrado até agora. Os cientistas acreditavam que esse exemplar teria se engasgado até a morte com um osso da costela de sua presa! Mais tarde, porém, constataram que a costela era do próprio dinossauro.

O Criolofossauro viveu durante o período jurássico, quando a crosta da Terra tinha acabado de se dividir em dois continentes: Laurásia e Gonduana.

*Com um pequeno cérebro para o seu tamanho, o Criolofossauro não era tão inteligente quanto outros dinossauros grandes e carnívoros como o T. Rex.*

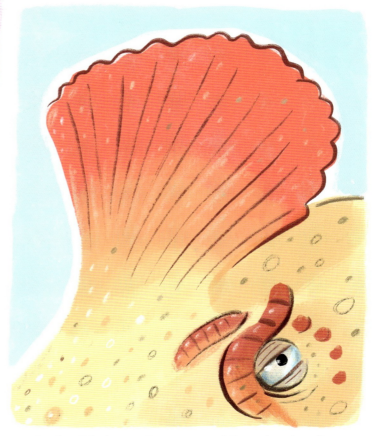

*A crista dele ficava sobre pequenos chifres acima dos olhos. Eles protegiam os olhos desse dinossauro, como se fossem óculos feitos de ossos! Cheio de estilo!*

*O Criolofossauro era coberto de penas, que o mantinham aquecido no frio.*

*Com pernas grandes e tornozelos robustos, esse dino corria rápido, usando a cauda longa e firme para se equilibrar.*

# ÍNDICE

**A**
Adereço 36
África 31
    norte 19, 24, 44, 64
    sudeste 30
África do Sul 12
Alemanha 22, 25, 32, 58
América do Norte 18, 20, 26, 30, 34, 36, 38, 40, 42-43, 46, 48, 50, 52, 54-56, 68, 72
América do Sul 19, 25, 31
Anquilossauro 36, 42, 53
Anquiórnis 66
Antártida 74
Argentinossauro 14, 19
Armadura 36-37, 42-43, 53
Arqueoptérix 16, 32-33
Asas 32, 66
Ásia 8, 10, 14, 16, 18, 28, 30, 42, 60-62, 64, 67, 70
Avimimo 67

**B**
Bando 10, 14, 19, 22, 27, 34, 36, 38, 40-41, 46, 50, 54, 63, 70, 72
Bico 10, 12, 16, 18, 26, 29, 34, 46, 60, 62, 64, 67, 70

**C**
Camuflar 28, 67
Características semelhantes às das aves 16
    ver também penas
Carcarodontossauro 24-25
Carnívoro 19, 20, 24, 58, 70, 74-75
Cartilagem 35
Cauda 15-17, 21-22, 30, 32, 35-37, 39, 40, 43, 45, 50, 52, 58, 60, 64, 66-70, 72, 75
    emplumado(a) 16, 18, 28, 66, 73
    felpudo(a) 28, 58-59, 67, 70
Caudiptérix 16-17
Cérebro 8, 14, 20, 37, 40-42, 46, 49, 50, 52, 55-57, 60, 69, 72, 75
Chifre 10-11, 18, 26-27, 42, 46-47, 75
China 8, 10, 14, 16-17, 28, 42, 66-67

Cocô 38
Coelófisis 30
Compsognato 22-23
Coritossauro 55
Costela 19, 35, 47, 74
Crânio 10-11, 18, 20, 24-26, 28, 42, 46-47, 50-51, 72, 74
Criolofossauro 74-75
Crista 10-11, 29, 39, 54-55, 66, 71, 74-75

**D**
Deinonico 40-41, 56, 58
Dente 8-10, 12, 14, 16, 20, 22, 24, 26, 28-32, 34, 36, 40, 42, 44-46, 51, 53, 57-58, 60, 62, 64, 67-68, 72-74
    molar 64, 68
    pré-molar 46
Deserto do Saara 44
Dinossauro-bico-de-pato 10, 38, 40
    nadador 19
Diplódoco 14, 53, 68-69
Dromeossauro 72-73

**E**
Edmontossauro 54
Eoraptor 23
Espinho 12, 36, 42, 43, 46, 50, 52, 64, 70
Espinossauro 19, 24, 44, 64
Estegossauro 52, 53
Euoplocéfalo 36, 37
Europa 22, 32, 34, 52, 58

**F**
Fóssil 25, 28, 38, 57-58, 74
França 22

**G**
Galimimo 60-61
Garra 8-9, 18, 22, 28, 30, 32-33, 40-42, 44-45, 56, 60, 62-63, 69-70, 72-73
Gastônia 43
Giganotossauro 25, 31
Gigantoraptor 18
Gonduana 74

**H**
Herbívoro(a) 10, 19, 24, 31, 40, 46, 48, 61, 68
Herrerassauro 23
Hipsilofodonte 34-35

**I**
Intestino 51, 68

**L**
Lambeossauro 55
Laurásia 74

**M**
Madagascar 31
Maiassaura 38-39
Majungassauro 31
Mamenquissauro 14-15
Microraptor 66-67
Mongólia 8, 14, 16, 18, 30, 42, 60, 62, 67, 70

**N**
Ninho 38-39, 63, 70-71

**O**
Osso oco 23, 60
Ouranossauro 64-65
Oviraptor 70-71
Ovo 18, 28, 38-39, 60, 70-71

**P**
Panfásia 23
Paquicefalossauro 50-51
Paquirrinossauro 46-47
Parassaurolofo 54
Pegomastax 12-13
Pena 8, 16, 20, 22-23, 28-29, 32-33, 41, 58-60, 63, 66-67, 70, 73, 75
Período Cretáceo 8, 10, 16, 18-20, 24, 26, 28, 30-31, 34, 36, 38, 40, 42-44, 46, 48, 50, 54-56, 60, 62, 64, 66-67, 70, 72
Período Jurássico 12, 14, 22, 32, 52, 58, 66, 68, 74
Período Triássico 30
Pescoço 14-15, 22, 48-49, 52-53, 60, 68, 71

Pinacossauro 42
Presa 8, 12-13
Pterossauro 23, 33, 59, 66
Pulmão 35, 49

**Q**
Queratina 26

**S**
Sarcossuco 44, 65
Sauropelta 43
Saurópode 68
Sauroposeidon 48-49
Sciurumimo 58-59
Sinossauroptérix 67
Som 54, 68
Sucomimo 44-45

**T**
Tenontossauro 40
Terizinossauro 62-63
Tiranossauro Rex (T. Rex) 20-21, 24, 27-28, 31, 50, 75
Titanocerátops 18
Tricerátops 18, 26-27, 47, 50
Troodonte 56-57
Tsintaossauro 10-11

**U**
Utahraptor 30

**V**
Vela 19, 44, 64
Velocidade 9, 20, 23, 30, 39, 41, 52, 60, 67-68, 72
Velociraptor 8-9, 32, 40-41, 56, 72
Visão 9, 20, 22, 25, 40, 50, 60, 62, 73
Voar 8, 16, 23, 28, 32-33, 66
Voo 32, 66

**W**
Wulong 67

**Y**
Yutirano 28-29